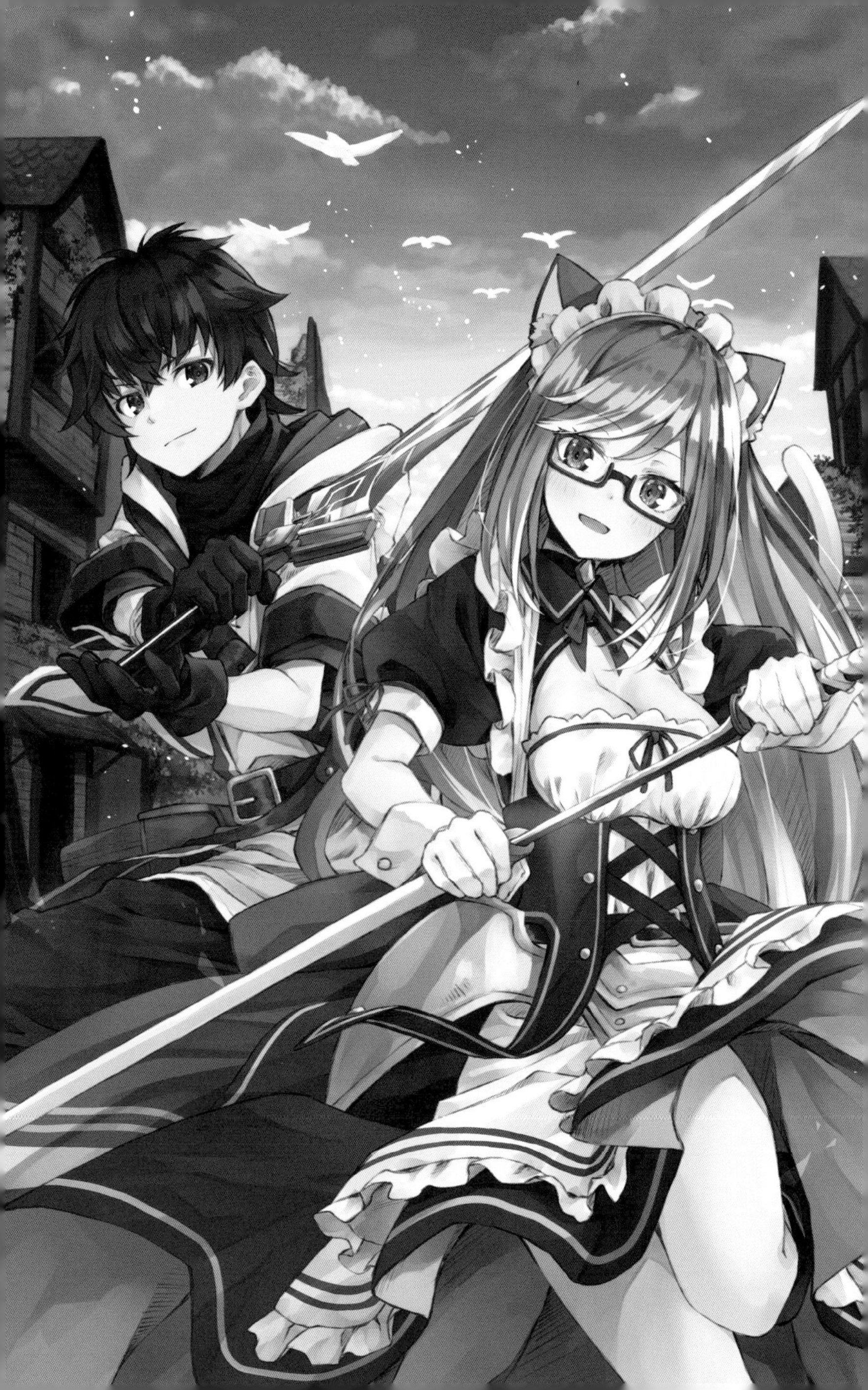

数多くの素材が錬成陣の中で一つになっていく。
そして激しい光を放ち――
一瞬の後、それは大きな塔と施設になった。
「え……ええええっ!?」
建物を見上げて、ペトラは仰天していた。
【神剣ブルーティア】
ティア
世界で唯一の【神剣使い】
アルベルト・ガイゼル

義侠心溢れる荒くれ者
ボラン
町唯一の酒場の看板娘
ペトラ

世界で唯一の【神剣使い】なのに戦力外と呼ばれた俺、覚醒した【神剣】と最強になる

大田　明

ぶんか社

C O N T E N T S

プロローグ

「じ、十万の敵がいたんだぞ……それをたった一人で……」

「俺たちとは次元が違い過ぎる……」

「ほ、本当にあの人は人間なのか？」

　ジャリッという石の感触。荒れた大地から数えきれないほどのモンスターが消滅し、青白い粒子になっていく光景。鼻腔《びくう》には燃える肉の匂い。そして耳には兵士たちの驚嘆《きょうたん》の声が聞こえていた。

俺は蒼《あお》い剣で自分の肩をトントンと叩きながら、敵の姿を見据え、不敵な笑みを浮かべる。

千以上の兵士たちを背に、未だ無数に残るモンスターたちへ向かって駆け出し、疾風《しっぷう》の如き迅《はや》さで幾つもの敵を瞬時に斬り伏せていく。氷のように頭は冷静に。炎のように心は激しく。俺は戦場で誰より迅く、そして誰より強かった。

　神剣を振るうと同時に爆炎が剣から放出され、周囲の敵が紅《あか》く爆《は》ぜていく。次々にモンスターが襲いくるが、俺は難なくそれらを押し返し、敵陣を掻き回す。ただ斬って、斬って、斬り倒していく。

　味方は俺の姿に度肝《どぎも》を抜かれているらしく、微動だにしないまま呟《つぶや》く。

「これが、【神剣使《しんけん》い】……アルベルト・ガイゼル。人類最強の男、か」

　誰もが驚く俺と、俺が持つ【神剣】の力。だけど俺は、最初から強かったわけじゃない。

　なぜ俺がこんなに強くなったか……。それは、一年前のことだった――。

太陽もまだ顔を出さない、肌寒い朝。俺はブルッと震えて目を覚ました。そこは本や書類などが壁中の棚にぎっしりと保管されている職場の一室。俺は寝ぼけ眼《まなこ》であくびをし、のっそりと起き上がる。頭を振って眠気を飛ばし、父親の形見の赤いスカーフを首に巻き、母親の編んでくれたお守りの紐を右腕に結びつける。腰を曲げてブーツを履き、【神剣】を手慣れた動作でサッと背負う。

「よし。やるか」

冒険者たちに仕事を与える、冒険者ギルドで住み込みの職員として働く俺は、まだ誰もいない時分から、一人で仕事を始める。激務と呼べる仕事量ではあるが、俺は工夫《くふう》して時短できるようにしていた。おかげで太陽が昇り始めて、ぽつぽつと職員たちがギルドに出勤してくる頃には、一通りの仕事を終えていた。

「おはよう、アル。あんたのおかげで仕事がスムーズに進むわ」

「おはよう、マーム。俺は与えられた仕事をやっているだけだよ」

マームは旦那さんと共にこのギルドで働く職員。笑顔を常に絶やさない、ムードメーカーのおばさんだ。

「仕事はできるし男前だし、もっと早く出会ってたらアルと結婚したのにぃ」

「ははは。俺ももっと早くマームと出会いたかったよ」

「またうまいこと言って～。本当にいい子ね、アルは」

周囲の人たちとコミュニケーションを取りつつも手を休めることなく仕事をする。無駄な動作は一切せず、ギルド内を走り回る。資料の整理や必要な物品の品出し。建物全ての掃除も任されていて、休む暇は一瞬たりとも訪れない。掃除中の俺を見て、同僚がぼやいた。

「アル、相変わらずものすごい仕事量だな……他の奴じゃ務まらないよ、お前の代わりは」

「できることなら、代わってほしいものだけど」

「シモンには何度も文句言ってるんだけどな……なんでお前にここまで仕事を押し付けるんだろうな？　またちゃんと言っておくよ！」

「ははは。ありがとう。その気持ちだけでも嬉しいよ」

仕事に次ぐ仕事。それを笑顔でこなしていく。

「よおアル。エミリアと訓練に行くんだって？　いつだ？」

「そういう話もしているのだけれど……なかなか時間が取れなくて、ね」

「まぁ、お前の仕事量から考えたら、土台無理って話だな」

他の職員と世間話をしながら納品された素材を受け取り、倉庫へ保管。次は階段の掃除だ。雑巾《ぞうきん》で足場を磨いていると、

「あっ……！」

大量の資料を運んでいた女性が、階段の上で足を踏み外す。資料はバラバラと宙を舞い、彼女は重力に従い、こちらの方へと落下してくる。俺は雑巾を片手に、空いた腕で彼女を抱きとめる。

「ア、アル……ありがとう」

「どういたしまして。大丈夫かい、カーラ」

「………………」

彼女は情けない姿を見せて恥ずかしかったのか、妙に赤い顔で俺に視線を向けてくる。

「……悪いけど、どいてくれない？　まだまだ仕事が残っているんだよ」

「あ、ごめん！」

カーラが自力で立つ。ほんのりと甘い香りが漂ってきた。上目遣いで、彼女が口を開く。

「アル……いつもすごい量の仕事してるね」

「ああ。でも効率よくやれば、なんとかなるものだよ」

面倒事は早く片付けたいタチの俺は、業務をどんどん効率化して、普通の人が夜中までかかるような仕事も午前中に終わらせることが可能になっていた。だが、ギルドマスターはその空いた時間に、さらなる仕事を追加してくる。結局、俺は毎日遅くまで仕事しなければならなくなっていた。

「いつも笑顔でみんなに好かれていて、仕事もできて……すごいよね、アルって」

「そう？」

「うん。それに、面倒見もいいでしょ？　自分が忙しくても分からないことは教えてくれるし、相談にも乗ってくれるし」

『人と付き合う時は真剣に、自分の家族のように扱え』。これは俺の母親の言葉だ。他人だからと適当な付き合いをするのではなく、自分の大事な家族を扱うように人と接する。そうすれば、人から愛され、親切がいつか巡り巡って自分の元へと返ってくる。俺はそんな母親の言葉を愚直に信じ、実行してきた。実際、仲間たちから好意を抱かれているようだし、いいことは多い。これからもそうしていこうと思っている。

「相談ぐらいはいつでも乗るよ。そう言えば、シモンのことはもういいのかい？」

「……あれは、その……」

「アル！」

突如降ってきた怒声にビクッと怯えるカーラ。階段の上から俺たちを見下ろす男が一人。ギルドマスターのシモンが、青筋を立てながら俺に大声で怒鳴る。

「俺の部屋まで来い!!」


「アル。お前はいつになったら強くなるんだ?」

シモンに呼び出された俺は、彼の執務室で対面していた。彼は薄い頭髪を横に流し、なんとか髪の毛があるように誤魔化している中年の男で、背は低いのに態度はデカい奴だ。部屋には本がぎっしりと詰められた大きな本棚がいくつもあり、無駄に大きな机と大きなソファが部屋の中央に鎮座《ちんざ》する。何事もデカければいいってことでもないだろうが、しかし自分を大きく見せるということには成功しているのか、この部屋に入ると誰もがシモンに委縮をする。

俺はこの部屋とシモンの器の大きさとは別だと考えているので、なんとも思っていないが。だが俺のそんな態度が癇《かん》に障《さわ》るのだろう。明らかに俺は目の敵《かたき》にされていた。

シモンは机に両肘をつき、口元で手を組んで俺を睨《にら》み付ける。

「もう一度聞く。お前はいつになったら強くなるんだ?」

「うーん。どうなんでしょうねぇ……明日になったら強くなるかもしれないし、来年になったら強くなるかもしれない」

「……明日になっても強くならないし、来年になっても強くならない可能性があるということか?」

「まぁ……そうとも言えますね」

俺は釈然《しゃくぜん》としない気持ちでシモンの質問に答えた。シモンはさらに俺を睨み付ける。

「お前のジョブ……【神剣使い】はいつか覚醒して強くなるから、とエミリアが言うものだから、このギルドに所属させてやっているのに……もうお前がここに来てから一年だぞ？　その間お前は、何をやっていたんだ？」

「えーっと……雑用全般ですかね」

「そんなことは他の職員がやることだ！　お前がやらなければならないのは、強くなることだ！」

ここ、冒険者ギルドには二種類の人間が所属している。俺のように事務方をこなす職員と、依頼をこなす冒険者だ。冒険者になりたい人間はこのギルドに登録することによって、冒険者として認められる。そして大抵が、どこかの冒険者ギルドの専属になるのが基本だ。

ギルド側も、強力な冒険者が所属していれば国から回ってくる仕事も報酬の高いものになるし、有能な冒険者とはよい条件での契約を結びたがる。また、フリーの冒険者には仕事を回さないようにするなど、人材流出を防ぐ措置《そち》も行っている。

強い冒険者とは、ギルドにとっては価値の高い商品のようなものなのだ。

もちろんそんな人材だけではないので、将来性に期待して戦闘の素人を所属させることも往々《おうおう》にしてあるが、そのまま芽が出なければ、いわゆるクビになるのは当然だとも言える。

そして今、俺はシモンにクビを切られようとしているのだろう。彼の態度を見ていると、そういう方向に話を進めようとしているのは明白だ。

確かに俺は一年間、強くなることはなかった。けれど俺の側にも一応の言い分がある。

「確かにエミリアはそう言っていた。けど、俺は職員としてここに雇われているはずだし、そもそも俺に、抱えきれないほどの雑用を回して他の仕事をさせなかったのはマスターじゃないですか」

「口ごたえするんじゃない！　俺が強くなれと言ったら、自分で強くなれるよう工夫するんだよ！」

そんな理屈、不条理すぎる。裏方の職員としての契約はシモンが持ち出してきたものだ。

冒険者よりも激務をこなしながら、彼らほどの金は得られない雇用契約を結ばされている。

冒険者として責められているならまだしも、俺は契約通りの職務を必死でこなしていただけなのに、期待外れだというだけで責められているのだ。

元々シモンにはなぜか目の敵にされていたが、今回はさすがに横暴すぎる気がする。

「そもそも、【神剣使い】とはなんだ!?　大層な名前をしているが、役立たずにも程がある！」

「はぁ……」

それは俺が聞きたいくらいだ。

この世界には、【ジョブ】というものが存在する。働いて賃金を得るためではない、生まれながらの職業適性とでも言おうか。五つの基本職に、そこから派生する上級職があるのだが、生まれた時に基本職が定められるので、その系統以外のジョブにはなることができない。

ナイト、マジシャン、プリースト、シーフ、アーチャー。通常なら人は、この五つのどれかが与えられるのだが、どういうわけか、俺には【神剣使い】という謎のジョブが与えられた。

どこにも前例はなく、恐らくこの世で唯一の【神剣使い】として生まれた俺だが――このジョブは、レアというだけで、特に強いわけでもなければ、役に立つようなものでもなかった。

それどころかハッキリ言って、弱い。それはもう、泣きたいぐらいに弱いのだ。

生まれた次の日に現れたという【神剣ブルーティア】。今、俺が背負っている蒼い宝石が嵌《は》め込まれた両刃剣も、ステータスは『攻撃力1』とその辺に売っている適当な剣より弱い。

しかも、特別なスキルが使えるわけでもない。【神剣使い】としての俺本人の能力値も最底辺クラスで、スライム一匹ともまともに戦えやしない。俺は何度も、どうしてこんな弱いジョブで生まれてしまったんだと絶望した。だから俺は、こうして戦わない職に就《つ》くしかなかったのだ。

ところが、シモンはそんなつもりではなかったらしい。今すぐにでも追い出したいのを一年間我慢していたようだ。原因は俺の幼なじみのエミリアの言葉だ。

エミリアはこのギルド内でも五指に入る強者で、ギルドへの貢献度も高いし、おまけに美少女でファンも多い。彼女がどうしてもと口利きしてくれたおかげで、俺はギルドに、職員扱いで置いてもらえることになったのだが、まさかこんなことになるとは。

「だったら、せめてもう少しだけ強くなる時間を――」

「うるさいうるさいうるさい！　もう時間切れだ！　締め切りだ！　契約切れだ!!」

ふーふー息を切らせるシモン。あまりの言い草に腹の中で苛立《いらだ》ちが炎のように燃え広がり、同時に言葉にできない不安が募《つの》っていく。息を整え、たっぷり間を置いた後、シモンは重々しく口を開いた。何を言うかは分かっている。

「……クビだ。【神剣使い】などという名前に期待したのが間違いだったわ！　結局役立たずの無能じゃないか！　弱すぎるにも程がある！　戦力外のお前に払う給料はない、出ていけ!!」

「…………」

こちらの言い分は聞き入れず、滅茶苦茶な叱責《しっせき》を浴びせられ、俺はギルドを追放された。

第一章

ギルドを出ると、時間は午前中だった。空を見上げると、太陽が燦々《さんさん》と輝いている。

往来には行き来する大勢の人。俺はくるりと背後を向き、ギルドの建物を見上げた。大きな石造りの塔のような形状の建物。つい今朝《けさ》までここで働いていたというのに、この小一時間の間に、まったく無関係になってしまった。

寂しい気持ちがこみ上げてきたので、俺はその場を離れるべく、人々の波に乗って町の広場の方へトボトボと歩き出した。

ここ、マーフィンの町は、王都からも近く、冒険者ギルドが三つもある比較的大きな町だ。通りには多くの商店が立ち並び、酒や果物、雑貨なんかを売る活気に満ちた声がそこかしこで上がっている。その活気が今の俺には堪《こた》えるので、逃げるようにそそくさと道を急ぐ。

やがて広場に着いた。周囲には商店もなく、静かなそこでは子供が数人遊んでいる。俺は何をするでもなく、しばしボーッと突っ立っていた。

やがて遊んでいた子供を、親らしき人が迎えに来た。それを見て、父のことを思い出す。

俺には両親がいない。二人とも流行病《はやりやまい》で死んでしまい、天涯孤独《てんがいこどく》の身なのだ。

父は生前、商人として手広く商売をしていたのだが、父の死後、部下のゴルゴという男が商店を乗っ取ってしまった。俺は身一つで追い出されたのだが、それを見かねてギルドに置いてくれるよう口利きしてくれたのがエミリアなのだ。

だが、そのエミリアが不在にしている間に、ギルドも追い出されてしまった。どれだけ追い出されてるんだよ、俺。

はあ、これからどうするかな……。

生きていくには金を稼がなければならない。どこかで雇ってもらうしかないのだが、まともな働き口は、ゴルゴが自分の周囲で俺が仕事をできないようにと根回しをしていたりする。

きっと、下手に自分の商売に関わられれば、復讐されるかもしれないと思っているのだろう。

まぁ、少しぐらいはそんな気もないではないけど、今の俺にはそんな力も気力もない。

別の町に移り住むしかないのだが、まずそのためにも、元手を稼がなければならない。

仕方ない。モンスターを狩って、その毛皮や体液を売ってお金を作ろう。

俺はモンスターと戦ったことがない。正確には戦う機会を得られなかった。自分のステータスの異様な低さは理解していたし、誰かの助力を得なければ戦うのは無理だと感じていた。

何より、シモンに言いつけられた仕事のせいで、そんな時間を作ることもできなかったし。

不安は大きいけれど、生きるためだ。頑張ろう、俺。

◇◇◇◇◇◇

町の外に出て、目の前に広がる草原を見渡す。気持ちのいい風が吹き、ほんの少し俺の気分を和《やわ》らげてくれる。

「あ」

広い草原の中に、飛び跳ねる青い物体を発見する。スライムだ。人の頭ぐらいのサイズで、柔らかいゼリーのような体の下級モンスター。あれぐらいなら、俺のステータスでもなんとかなる、かな……?

俺はブルーティアを引き抜き、両手で構える。じりじりとスライムとの距離を詰めていくと、心臓がどんどん鼓動を速めた。

本当に勝てるか? 運悪く死なないだろうか?

どんどんネガティブになっていく思考を振り払い、一度深呼吸してから、スライムの姿を再確認する。

青い球体に浮かぶ丸い目。愛らしくも見えるそれに、俺は意を決して動き出した。

勝てる、この程度なら勝てる……はず!

自分を奮い立たせてスライムに突進する。スライムは、俺が走ってくる気配を察知して視線を向けてきた。

俺とブルーティアのステータスを考えると、スライム相手でも激戦は必至。その様子を想像して、無我夢中で剣を振り下ろす。

しかし、結末は呆気《あっけ》ないものだった。

一撃を受けたスライムは、ぷるんとたじろぐような仕草を見せる。その隙にもう一撃入れると、スライムは、ぱん、と砕けてしまった。

楽勝だった。

なんてことのない初めての戦い。ステータスの低さを理由に怯えていた自分が馬鹿みたいだ。

自然と安堵《あんど》のため息が漏れ出た。

「……ん？」

そこで、ブルーティアの柄に嵌まっている蒼い宝石が、赤く光っていることに気が付いた。こんなこと今までなかったのに、何か異常が起こっているのだろうか。

ブルーティアの宝石に触れると、半透明の青い板が宙に浮いた。そこにはブルーティアのステータスが表示されている。いつもなら『攻撃力1』と表示されているはずなのだが……。

神剣ブルーティア
攻撃力：3

「……性能が……上がった？」

映し出されたブルーティアのステータスに、俺は驚きポカンとしていた。そしてそれと同時に、トゥクンと心臓が熱く跳ねるのを感じていた。

「攻撃力……3」

モンスターを倒したことによって、ブルーティアの攻撃力が上昇した。人間なら、成長した、という表現になるだろうか。

まさかこれって……成長する剣？

普通の武器が成長することはない。作られた時点でその性能は決まっているものだ。今までモンスターを倒したことがないから知らなかったけど、こんなスキルを持った剣だったのか。

俺は抑えきれない興奮と戸惑いを胸に、近くにいる別のスライムに狙いを定める。近づいて剣を振り下ろすと、今度は一撃で仕留めることができた。さっきは二回攻撃しなければならなかったのに、これが成長した効果なのか。だが、今度は宝石が光らない。

「俺の思い違いか？」

何か条件でもあるのだろうか。そう思いながら、本来の目的である、スライムの体液回収をしようとした。だが、ダメだ。体液は四方八方に飛び散ってしまっている。

別のスライムを狩っても、一撃で倒せはするけど、衝撃で体液が飛び散ってしまう。このままじゃお金を稼げず、餓死するかもしれない。

大いに焦りながらも諦めずに何体か狩り続けた、その時だった。

再び宝石に赤い光が灯《とも》る。

「よしっ」

俺は拳を握って喜びの声を上げた。早速ステータスを表示する。

神剣ブルーティア
FP《フォースポイント》：3　SP《スキルポイント》：2　攻撃力：5

また攻撃力が上昇している。前回よりも少し時間がかかったけど、やはり俺の考えた通り、敵を倒せば剣が成長するようだ。

それだけではない。今回はさらに、『FP』『SP』というものが追加されていた。ステータスの下には『新たに機能を拡張できるようになりました』という文字が浮かんでいる。

機能を拡張とはどういうことだろうか。俺はなんとなく、その文字に触れてみる。

すると、文字が切り替わり、新しい文字が出てきた。

《スキル》

《サポート》

「?」

《スキル》と《サポート》という文字がある。俺は何気なく、《スキル》に触れた。

ジョブスキル

┬ナイト

┬マジシャン
┬プリースト
┬シーフ
└アーチャー

五つの基本職の名前が表示されている。試しに【ナイト】に触れると、ずらりと【ナイト】が習得できるとされる【ジョブスキル】が表示された。

これ、どういうことだ？　文字は暗い色になっており、触れると『習得のためSPを消費してもよろしいですか？』と表示される。なるほど。SPを消費することによってスキルを習得できるというわけか。

でも、ちょっと待てよ……。基本職全てが表示されてるってことは、ブルーティアを使うと全系統のスキルを使用できるようになる、ってことか⁉

それってとんでもないじゃないか。普通は、武器を替えたくらいで他の【ジョブスキル】が使えるようになんてならない。SPとやらを貯めれば、俺は万能になれるかもしれないのか。

ワクワクしながら俺は一つ前に戻り、今度は《サポート》に触れた。これはどうやら、ブルーティアが持つ機能を拡張できる、というものらしい。種々のスキルとは別に、ブルーティア自身が発揮する力らしい。

それらは戦闘のためのものもあったが、もっと気になるものがあった。【自動回収】という機能だ。触れると説明文が表示された。

自動回収：モンスター素材や自然素材など、攻撃した物を自動的に回収する。

なんだそれ、便利すぎないか？　説明の横に表示された《拡張する》に迷うことなく触れると、『SPを1消費しました』という情報と共に文字が白く変わった。

もう一つ、【収納】という機能もあった。

収納：ブルーティアが持つ異空間に物体を自由に出し入れできる。【自動回収】した素材は自動的に保管される。

なんて便利なんだ。すぐに選択して拡張した。あまりの嬉しさに、小躍りしそうになる。誰も見ていないのだから構わず躍ることだってできたけど、それよりもまずは、この機能を試してみたい。

少し離れた場所に見つけたスライムへ向け、意気揚々と駆け寄る。振りかぶった一撃でスライムを切り裂くと、死骸は飛び散らず、ブルーティアに吸い込まれるようにして消えた。

ステータスを開いて【収納】の文字に触れる。するとそこには『スライムの体液×1』の文字が。

「……本当に回収されている」

今度こそ俺は小躍りした。これは本当にありがたい。敵を倒すと性能が上がり、利便性も向上していく剣。控えめに言って神だ。

あ、なるほど！　だから【神剣】なのかな？

などと勝手に自分で納得し、さらにスライムを蹴散らしていった。

◇◇◇◇◇◇

スライムを狩り続け、気が付くと夕方になっていた。いつもなら地道で面倒な作業は好きじゃないんだけど、ブルーティアは機能を拡張すれば作業の効率化が図れることも分かり、すっかり夢中になってしまった。

ギルドでの仕事も、効率化するための作業に時間を掛けてたこととかあったからなあ。

スライム狩りに区切りをつけた俺は、程よい疲れの中、ブルーティアのステータスを確認した。

神剣ブルーティア
FP：5　SP：0　攻撃力：7
サポート：収納　自動回収

また能力が上昇している。そしてスライムの体液は30も貯まっていた。これだけあれば一日の食事と宿代くらいにはなりそうだ。とりあえず明日死ぬことはないだろう。

思いがけない神剣のスキル。どうしてもっと早く試しておかなかったのかと悔やんでしまう。根が面倒くさがりなのは自覚しているし、死ぬかもしれない危険を冒してまでやりたくなかったというのが本音だけど、こんなことなら無理してでもモンスターと戦っておけばよかった。

まぁ、過去を振り返っても仕方がない。

これからの人生を天国に変えていけばいいのだ。俺は輝かしい未来を想像しながら、スキップして町へ帰った。

◇◇◇◇◇◇

マーフィンの町へ戻った俺は、道具屋へと足を運んだ。

店内は傷を癒やすポーションやタイマツ、冒険や生活に必要な雑貨がずらりと並んでいた。

「買い取りお願いしたいんだけどー」

「ああ。いらっしゃ……って」

店主の男性は、俺の顔を見るなりしかめっ面になった。

「お前……アルベルトか？」

「あれ？　俺のこと知ってる？」

俺は彼のことは記憶にないが、どこかで会ったことがあるのだろうか？

「……話はゴルゴさんから聞いてるぜ」

「ああ……」

なるほど。ゴルゴの息がかかってるってわけか。

「言っとくが、仕事はないぞ」

「はぁ……」

「聞いたところによると、手癖が悪いみたいじゃないか」

「いや、物盗んだことないから」

親が商売をやっていたんだ。物を盗まれることの損失は痛いほど理解しているので、そんなことできないしやるつもりもない。ゴルゴの奴、あることないこと言いふらしてるんだな。

「それに、ちゃんと仕事をしないらしいじゃないか。そんな奴に紹介できる仕事はない」

それはねじ曲がっているけど、半分は真実だ。できたらのんびり生活したい派なもので、せっせと働くのはあまり好きじゃない。やることはやるけど、必要以上に仕事はしたくないのです。だから、ギルドでも極力面倒な仕事は効率化を図っていて、それがシモンに目を付けられる要因になったのかもしれないな。

だけど今はそんなことどうでもいいのだ。俺は商品を買い取りしてほしいだけだから。

「仕事を求めているわけじゃないよ。これを買い取ってほしいんだ」

「まぁ、買い取りぐらいならいいだろう……」

俺はホッとしブルーティアを手に取り、【収納】にある『開く』という文字を押す。するとステータスの代わりに、黒い空間のようなものが出現する。俺はそこから『スライムの体液』を取り出し、店のカウンターへ置いた。

取り出された体液は真四角のブルンと震える物体になっており、店主は物珍しそうに見ている。

「こんないい状態の『スライムの体液』……初めて見たよ。これなら、100ゼルでどうだ?」

100ゼルか。普通に食事を摂《と》ったら一食だいたい500ゼル。安い店に入ると300ゼルぐらい。宿はできるだけ安い店に泊まるとして……一泊2500ゼルぐらいかな?

まぁ、これ一つで100ゼルをいただけるなら、今日は問題なく生き延びられるだろう。

そう考えた俺は、収納している『スライムの体液』を三〇個、全てドドーンとカウンターへ出す。

「お、おう……すげーな、お前」

ただでさえ珍しい物を大量に出されたのを見て、店主は顔をピクピクさせて驚いていた。

◇◇◇◇◇◇

翌朝、安宿に泊まった俺は、硬いベッドの上で目を覚ました。木造の狭い部屋で、ベッドから下りるとギシッと今にも床が抜けそうな恐ろしげな音がした。

朝食はパンのみの簡単なものだったが出してもらえた。金のない俺にとってはありがたいことこの上ない。俺は食事をさっと済ませ、マーフィンの町から出て、草原に移動した。

「さてと……」

この町ではゴルゴが流した噂が広がってしまっていて、生きにくそうだ。やはり別の町に移り住むしかないかな。

俺は遠くに見えたスライムに向かってのんびりと歩を進めた。必死にやるのは性《しょう》に合わないから、マイペースでモンスターを倒しながら他の町に向かおう。

ここから一番近い町は……確か北東にあるローランドか。あまりいい噂を聞かないが、まぁマーフィンよりかはましだろう。今の俺から見れば、だが。

道中、スライムばかりが出現し、俺はあくびをしながらバッサバッサと切り捨てていった。

ズバッとスライムを切り裂きながら、北東に向かって歩いていく。

いやースライム退治は楽でいいねえ。

それから2時間ほどスライムを倒し歩いていた時、ブルーティアの宝石が赤く光る。

また強くなった俺の神剣。攻撃力は9になり、一端《いっぱし》の武器レベルになっている。しかも、SPが1貯まっていた。どうやらモンスターをある程度倒すことによって、ブルーティアの性能が上昇するだけではなく、SPも入手できるようだ。FPや攻撃力と比べると、上昇する数値は低いが、これで新しいスキルが習得できそうだ。

ウキウキしながら習得できるスキルを確認する。五つの基本職のジョブスキルが選べるのでどれにしようか考えてしまう。俺は迷いつつも、とりあえず【剣】のスキルを選んだ。

まぁ【神剣】だし？　剣のスキルがあった方がいいよね。今はスライムだけを相手にしているが、もっと強い敵が出てきたら大変だ。その時も楽に戦えるように、剣スキルを向上させておきたい。

【ナイト】の項目を開くと、【剣】【槍】【斧】などの武器スキルや、【腕力上昇】、【硬化】など、身体能力を強化するスキルがズラーッと表示される。その中から【剣】のスキルを選び、文字を押す。

ＦＰ：７　ＳＰ：０　攻撃力：９
スキル：剣１
サポート：収納　自動回収

【剣】スキルはその名の通り、剣術の腕を上げてくれるスキルだ。さらに『【剣】スキルが上昇したために【スラッシュ】を使用可能となりました』という文字が表示されていた。

着実に強くなっている……。気分をよくした俺は、軽い足取りで旅を再開させた。

すぐさまスライムとエンカウントし、剣を振り回す。明らかに、さっきまでよりも剣の鋭さが増している。どうやら剣スキルを取得したことにより、武器の扱いが上手くなったようだ。

なんて素晴らしいブルーティア。俺は神剣を抱きしめたい気持ちでいっぱいになったがそれは控えておくことにした。だって他の人に見られたら、どう考えてもヤバい奴にしか見えないから。

その後もスライムを倒しながらズンズン歩いていくと、右手に森が見えてきた。俺は森に近づき、ふと【自動回収】について試してみたいことを思い付いた。木をカツンと斬りつけると、斬られた場所は粒子になり、ブルーティアに収納された。

「おおっ」

自然の素材に攻撃することによって自動回収する……。それはどうやら本当のようで、こうして木の一部をブルーティアに自動保管させることに成功した。

見ると、『木材・大』×１が、ブルーティアの【収納】欄に表示されている。

ちょっとこれ、便利すぎませんか……？　俺はあまりの嬉しさに、一人ハイテンションでクルクル回ったりスキップをしながらローランドへと歩を進めた。

あーこれ、誰かに見られたら絶対ヤバい奴だと思われるだろうなぁ。

その後も代わり映えしない草原を歩きながら、たまに森の木を斬って素材を回収していた。思い付きの行動だけど、まぁどこかで役に立つとは思う。無駄にはならないだろう。

「おっ」

出てくるモンスターがスライムばかりで暇をしていたその時であった。新たなモンスターを発見したのである。緑の肌に俺の腰ぐらいまでの小柄な体格。手には剣や斧といった原始的な武器を持った醜い顔のモンスター、ゴブリンだ。モンスターと言われればスライムと並んで思い浮かべることが多い、ポピュラーなモンスターである。

歩いてスライムを狩るばかりで飽きていた俺にとってはありがたい変化だ。ブルーティアを握って互いの距離を少しずつ詰めていくと、

「キキッ」

俺が進んでいた方向から、別に二匹のゴブリンが現れた。ちょっと待って。さすがに三匹相手とか……無理ではなかろうか。というか、一匹相手でも勝てるのだろうかと俺は悲観的に思案する。

ゴクリと固唾《かたず》を呑んで、向こうの出方を窺《うかが》う。と、目の前にいたゴブリンが、突如駆け出した。

「ははは……もっとゆっくりしてくれててもよかったのに」

俺はつーっと汗をかきながら駆けてくるゴブリンに集中する。逃げてもいいけど、追いつかれたら後ろからバッサリか……。俺は覚悟を決め、剣技を繰り出すことにした。

「【スラッシュ】！」

【スラッシュ】はＦＰを消費することによって攻撃力を上昇させる剣技だ。切れ味の増した刃がゴブリンを迎え撃ち、ゴブリンの体を手に持った剣ごと、スパーンと真っ二つにした。

「あれ？　意外と楽勝？」

あまりに手ごたえがなかったもので、少々気が抜ける。次いで襲いかかるゴブリンたちも、一太刀《たち》ずつで斬り伏せた。

「……はぁ……弱くてよかった」

どれぐらい強いのだろうと緊張したが、あまりスライムと大差なかったように思える。俺は剣を背負おうとしたが、宝石が赤くなっているのに気が付いた。いつものようにステータスを開くと、

「ん？」

何やらお知らせなるものが表示されているのに気付く。

『総ステータスが10を突破したので、武器のモードを選択できるようになりました。同時にパワーバランスの設定も可能になりました』

武器のモード？

ステータス画面をよく確認してみると、【武器モード】の文字が追加されている。

その文字に触れると、どうやらブルーティアを剣だけではなく他の武器としても扱えることが分かった。神『剣』なのに他の武器として使えるのか。現在の武器モードはソードモードで、他に弓などにも変形できるらしい。

そしてパワーバランスというのは、攻撃力と魔攻力と防御力にパワーポイント――ＦＰを除いた

総ステータス値を自由に割り振りできるようだ。とりあえず、12あるポイントは攻撃力と防御力に半々で割り振りしてみる。SPも1上昇していたのでついでに剣スキルも上昇させておいた。

神剣ブルーティア・ソードモード
FP：10　SP：0　攻撃力：6　防御力：6
スキル：剣2
サポート：収納　自動回収

これで【剣】のスキルは2になった。スキルの上昇に必要なSPはこれまで1だったが、次に必要なSPは2。スキルの最大値は10で、必要なSPは段階的に増加していくみたいで、最終的に必要なSPは30のようだ。最大値まではまだまだ程遠いが、逆に言えばまだまだ強くなれる余地があることに胸が躍る。

そういえば防御力が上がるとどれぐらいの効果があるのだろうか？　試してみたいと思っていると、おあつらえ向きにゴブリンが二匹現れた。ちょっと怖いが、一度攻撃を喰《く》らってみよう。

ゴブリンは奇声を発しながら、俺に向かって走り出し、斧を振るった。

というか、一回も喰らったことないから違いが分からないんじゃ……？　そう思った時には既に遅い。相手の斧は俺の顔面を捉えようとしていた。

が、当たる瞬間、俺の目の前に半透明の壁が出現し、キンッとゴブリンの攻撃を防いだ。もう一匹のゴブリンも攻撃を仕掛けてくるが、どちらの凶器も俺には届かない。

「なんだよなんだよ。さらに便利になったじゃないかぁ」

俺はルンルン気分で剣を振るう。攻撃力こそ下がったものの、剣スキルが上昇したため、威力が上がった剣で楽に相手の体を切り裂けた。

もうね、全然負ける気がしない。無敵感とでも言うべきものをひしひしと感じていた。

さらにゴブリンを倒しながら突き進む。歩くことの退屈さはブルーティアの成長への喜びで打ち消される。町へ到着する頃には、攻撃力も防御力も9に成長していた。

町の前で【収納】を確認してみると、『スライムの体液』が57個。『ゴブリンの骨』が41個。

うーん。こうやって見ると、結構な数を倒してきたんだな。

さすがに疲れたけど、無事に目的地には着いた。剣を背負って、ローランドに視線を向けた俺は、その様に絶句することとなった。

「…………」

そこは、廃屋に近い建物がいくつも建ち並び、背の高い建物は一つもない町だった。そこら辺にゴミが散乱していて、酔っ払いやガラの悪い男たちが地面に座り込んでいたり、喧嘩《けんか》をしたりしている。子供も数人見えるが……みな不幸のどん底みたいな表情で俯《うつむ》いていた。

なんだここは？　あまりいい噂を聞かなかったが……こんなにひどいなんて噂も聞かなかったぞ。

俺は夕暮れの中、ローランドを見つめたままポカンとしていた。

我に返った俺は、ローランドへと足を踏み入れ、汚い道を歩いていた。どこから漂ってくるのか定かではないが、ひどい臭いがする……。ゴロツキたちは俺が通りかかるだけで視線を向けてくる。友好的な視線ならよかったのだが……どう見ても、俺のことをカモか何かだと認識している、薄ら笑いを含んだ卑しいものだった。

「おい、兄ちゃん?」

「はい。なんでしょうか?」

一人の酔った男がフラフラと俺に近づいてくる。あー……やはり絡まれるのか。ちょいと面倒だなぁ。

「金、持ってるか?」

「まぁ……今日の飯代ぐらいは」

「ははは。そうかそうか。俺の酒代はあるのか」

「いや、あんたの酒代じゃないから。俺の飯代だからね」

「だーかーら。俺の酒代、だろ?」

ひひひっと気色悪い笑みを浮かべる酔っ払い。ブルーティアで頭を切り落とすのは簡単だと思ったが、それをするのはマズいだろう。そうこうしているうちに数人の男が俺に近づいてきていた。下手《へた》にブルーティアを使えば、うっかり大量虐殺になるかもしれない。だったら殴って終わらせるか? いや、素手で喧嘩に勝つ自信はない。

じゃあ逃げるか? ……マーフィンまで? それも御免《ごめん》だ。

「うーん……」

俺は腕を組んでどうすべきかを思案していた。すると男は俺の態度に腹を立てたのか、急に声を荒らげる。

「てめえ！　嘗《な》めてんのか!?」

「いやいや。嘗めてなんかないよ。どうするべきか考えていただけだよ」

「そんなの簡単だ……てめえは黙って金出せばいいんだよ！」

男が殴りかかろうとして、俺が咄嗟《とっさ》に身構えた時だった。

「やめて！」

可愛《かわい》らしい声が俺の後ろから響き、ゴロツキがその手を止める。

「ぺ、ペトラ……」

振り返ると、そこにいたのは、肩まで伸びた桃色の髪に、綺麗な碧眼《へきがん》を持つ可愛い女の子だった。素朴だが洒落《しゃれ》た服を着ていて、その上からエプロンを着けている。

「その人に手を出したら、もうお酒、出しませんからね」

「……わ、分かったよ」

男は俺の顔を見て舌打ちし、その場を離れていく。助かった。あのまま戦ってたら怪我《けが》じゃ済ませられないところだった。俺は安堵のため息をつき、彼女の前に立った。

「いやー、助かったよ。ありがとう」

「いいえ……あの、この村の人じゃありませんよね」

「うん。俺はアルベルト。みんなにはアルって呼ばれてるから、気軽にアルって呼んでくれていいよ」

「アルさん……私はペトラです」

「ペトラか。顔と同じで可愛い名前だね」

ボッと顔を赤くするペトラ。

「か、可愛いとか……そんなことありませんよ。そ、それで、アルさんはなんでこの村に来たんですか？　こんなところ……来る理由なんてないでしょう？」

ペトラは周囲に視線を向け、驚くほど暗い顔をした。まるで絶望しているみたいな……既に色々と諦めているような、そんな顔。

「実はマーフィンから来たんだけど、色々あって、マーフィンじゃ生きにくくなってね」

「生きにくいって……ここよりはましじゃないですか？」

「ここの方がマーフィンよりはまし……だと、来るまでは思ってたよ」

周囲を見渡し、俺は嘆息《たんそく》する。汚らしいし、ガラが悪い人ばかり。これは失敗したかなぁ。

「……あ、宿の場所教えてくれない？　どっちにしても今日はここに泊まることになるだろうし」

「宿ですか？　あるにはありますけど……やめておいた方がいいと思いますよ。あんなところに泊まるぐらいなら、うちの倉庫の方が全然ましです」

「じゃあ、倉庫借りてもいい？」

「そ、倉庫をですか？　……冗談のつもりで言ったんですけど」

ペトラはポカンとし、目をパチクリさせる。

「まぁ、アルさんが必要ならいいですよ。本当に雨風を凌《しの》ぐくらいしかできないですが」

「あ、じゃあ頼むよ。あまりお金もないから寝床を貸してもらえるならありがたい」

「は、はあ……」

◇◇◇◇◇◇◇

俺が案内されたのは、ペトラの営む酒場の、酒樽《さかだる》などを保管する木造の狭い倉庫だった。掃除もきちんとされており、思ったほど不快な感じはしない。「何かあったら来てください」と一言だけ告げ、ペトラは仕事へ戻っていった。どうやらさっきは、表で絡まれている俺を見て飛び出してきてくれたらしい。

俺は床の空いたスペースに座ってブルーティアのステータスを開く。今のステータスにするまででも地味に苦労したので、もう少し効率よく成長させられないかと思い、役立ちそうなスキルを探しているのだ。すると、好都合なことに、【成長加速】というサポートが見つかった。

成長加速：通常より少ない経験値で【神剣】を成長させることができる。

俺は迷うことなく、それを選択して機能を拡張した。さらにこれは、剣などと同じくスキルレベルがあるようなので、持てるＳＰを全振りする。武器スキルと違いサポートの上昇に必要なＳＰは一律1でいいらしく、現在あったＳＰで【成長加速】を3まで上昇させておいた。

神剣ブルーティア・ソードモード

ＦＰ：17　ＳＰ：0　攻撃力：9　防御力：9
スキル：剣2
サポート：収納　自動回収　成長加速3

成長加速……どれぐらい効果があるのだろうか？　まぁ、今までより少しでも楽に成長してくれればそれでいいや。まだ日が沈んだばかりだけど、疲れたしさっさと寝てしまおう。

俺はこの時予想もしていなかったが……この後、ブルーティアは信じられないような進化を遂げていくのであった。

◇◇◇◇◇◇

月が雲に隠れてしまい観測できない夜のこと。マーフィンの冒険者ギルドにあるシモンの部屋に、大きな体躯《たいく》の男がやって来た。歳《とし》は四十半ばほど。浅黒い肌と後ろに撫《な》で付けた金髪は威圧的で、野心に溢《あふ》れた鋭い眼光をたたえる青い瞳をぎらつかせている。

鍛え抜いた筋肉を高級な服で包み、両の親指以外に下品な金のリングを嵌めている。

彼の名はゴルゴ・ルノマンド。この町で一番大きな商店である、ガイゼル商店の主にして、町一番の金持ちだ。

「シモン。あいつを追い出したようだな」

「ああ、ゴルゴさん！　ええ、やりましたとも、やりましたとも！　言われた通り、アルベルトをギルドから追い出してやりましたよ」

ゴルゴの顔を見るなり、大きな椅子に深々と座っていたシモンは跳び上がるように立ち、席をゴルゴに譲る。ゴルゴは椅子に座り、足を組み背もたれに寄りかかる。

「グッド！　よくやった。あのガキはゴキブリのように不愉快だったからな……この町では仕事もできないように根回しも済んでいる。後は野垂れ死ぬのを待つだけだ」

「あいつは本当に目障りでしたからねぇ……しかしギルド内では案外人気者でして、解雇したことに対してみなが不満の声を上げているのです。まったく困ったものですよ」

「それぐらい、お前が抑え込めよ」

「はぁ……」

この町の経済の中心にいるゴルゴに、シモンは頭が上がらない。いつの間にか、彼の子分のような立場に成り下がっていた。だが、シモンには不満など一切ない。ゴルゴとこうやっていい関係を保つ方が、シモンにとっても都合がいいからだ。武器や防具、それに冒険に必要な道具なども安く提供してもらえる。

ギルドに所属する冒険者には、ガイゼル商店から卸《おろ》してもらった武器や防具を購入させているので、シモンの懐には大きな利益が舞い込んでくるのだ。

シモンは、かつて自分も冒険者であったことなどすっかり忘れて、完全に金の虜《とりこ》となっていた。おかげで所属する冒険者のことよりも、金勘定《かんじょう》だけを考える毎日だ。

「ゴルゴさん。これからも、よろしくお願いしますよぉ」

「分かっている。こちらもこのギルドで儲《もう》けさせてもらっているからな」

「おかげさまで私めも、いい思いをさせてもらっています」

「グッド！　『互いの利害を一致させるのは大事なことだ』。先代は俺から見たらクソみたいな男だったが、これだけはいい教えだと思っている」

下品に笑うゴルゴ。シモンもゴルゴに同調するように不快な笑みを浮かべていた。

「そう言えばシモン。ギルドの評判、また上がったみたいだな」

「ええ、おかげさまで。一年ほど前から所属冒険者の質が上がりましてねぇ。高難易度の仕事もどんどんクリアできるようになって、利益も急上昇です」

「お前が儲かれば俺も儲かる。いい冒険者は逃すなよ」

「そのつもりでございます」

ゴルゴは葉巻を咥《くわ》えて、火を点《つ》ける。もうもうと部屋に煙が立ち上り、シモンは一つ咳をした。

「ところで、アルベルトの奴はまだこの町にいるんですかね？」

「いいや。部下の話によると、今朝出ていったきり町に帰ってきていないようだ」

「王都レイナーク辺りにでも行きましたかね？　道中死んでくれていたら一番いいのですが」

くくく、とシモンが笑う。ニヤリと笑みをこぼしてゴルゴは答える。

「確かに死んでくれるのが一番だが、レイナークに行ったところであいつは何もできないだろう。たとえ仕事をしていたとしても、俺が全力で邪魔をしてやる」

「さすがゴルゴさん！　その容赦ないところがまたいいですな」

「容赦ないぐらいじゃないと、商売は成り立たないからな。俺の障害になる可能性のあるものは叩き潰す」

葉巻を床に落とし、ギュッと踏み付ける。

「私もゴルゴさんを見習わなければいけませんな。情けをかけすぎて、結局あいつを追い出すのに一年もかかってしまいましたから」

「ふん。よく言うよ」

ゴルゴは席を立ち、出口へ向かって歩き出す。

「……ふと思ったんですが、あの男、ローランドに行ったということはないんでしょうか？」

ピタリと足を止めて振り向くゴルゴ。

「あんなところに行くのは馬鹿か大馬鹿ぐらいのものだ」

「……確かに」

二人はふっと笑い合う。

「まぁ……こちらで何かあいつの情報が掴めたら、すぐにゴルゴさんにお伝えいたしますので」

「グッド！　その時は頼む」

「かしこまりました」

深々と頭を下げるシモン。ゴルゴは部屋を出た。階段を下りていく音を聞きながら、シモンはニヤリとほくそ笑んだ。これからもゴルゴとうまく付き合っていけば金持ちでいられる……自分は生涯成功し続け、金持ちのまま人生を終えるのだ。

シモンはそう信じてやまなかった。

◇◇◇◇◇◇◇

ローランドに来た翌朝。目を覚ました俺は、ペトラの店に出向いた。

「おはようーペトラ。倉庫貸してくれて、ありがとう」

「あ……おはようございます。本当にあそこで眠れました？」

「ああ。よく眠れたよ」

正面奥のカウンターと四つ並べられたテーブルだけの小さな木造の店だ。外観こそボロボロであるが、掃除がよく行き届いていて清潔感があった。

カウンターの左側の壁には、掲示板のような物があり、何枚かの紙が張り出されている。

「……え？　ここってギルド？」

「あ、はい。一応程度ではありますけど、酒場と兼業でやってます。ギルドとしては壊滅的に機能していませんが……」

「ふーん……」

掲示板を見てみると、彼女の言う通り、一応ギルドらしさの欠片《かけら》というか、なんとか体裁を保っているというか……その証拠とでも言うかのように、簡単な仕事だけが張り出されている。

「あー……食事って用意してもらえる？」

「はい。ありますよ」

俺がカウンター席の一つに座ると、ペトラはさっと調理に取り掛かってくれた。ややあって、よく焼いたウィンナーとパンを出してくれる。

俺はパンにかぶりつきながら、ペトラに話しかけた。

「素材を売りたいんだけど、この町はどこに行けば買い取りしてくれるかな？」

「え……そんなところありませんよ」

「え……」

食べる手が止まる。ペトラはカウンターの中で木製のコップを洗いながら続ける。

「町に商店自体あるにはあるんですが、みんなまともな仕事がないので、ほとんどお金を持っていなくて買い物ができません。店に道具を置いても買ってもらえないので、取り扱いも買い取りもできなくて……うちに来るお客さんだってお酒もほとんどツケばかりなので、酒場もいつ閉めようか考えてるくらいです」

大きなため息を漏らすペトラ。そんなにひどい状態なのか、この町は。

「それに町の北の方では悪党が集まって、みんなに迷惑をかけていて……もう滅茶苦茶なんです」

「ふーん」

ペトラの顔は、「もう終わりだ」と語っているような暗いものだった。

パンを口に放り込みつつ、掲示板の仕事を確認する。

『グリーンリーフの納品　５００ゼル』という依頼が張り出されている。俺はパンを飲み込み、ペトラに尋ねた。

「なあなあ。俺をここの専属冒険者にしてくれない？」

「せ、専属って……こんなところで冒険者なんてやっても意味なんてないんじゃ……」

「でもさ、他に行くあてないし……とりあえず、お金が欲しいんだよ」

「はぁ……まぁこちらとしては全然かまわないんですが……」

ペトラは「本気？」とでも言いたげな目で俺の顔を見ながら、こちらに両手を伸ばし、集中しだした。

「【鑑定《サーチ》】」

ペトラの眼がキラリと光る。俺の情報を確認しているのだろう。次に彼女は机の上に置いた『ギルドカード』と呼ばれる物に両手を当てる。手から発せられた淡い光に、カードが反応していた。

ギルドカードとは、所属する冒険者にギルドが与える証明書のようなものだ。

「どうぞ」

光が消え、ペトラが手のひらに収まる程度のカードを差し出してくる。そこには、ローランドの冒険者であるという証明と俺のステータスが表示されている。

アルベルト・ガイゼル　ジョブ：神剣使い
レベル：2　HP：8　FP：2　筋力：4　魔力：3　防守：2　敏捷《びんしょう》：4　運：5
スキル：調理4

うん。ひどい。ブルーティアはどんどん強くなっているというのに、俺の能力は依然として低い

ままだ。昨日まではレベル1だったからまだましだけど、それでもひどい。

ペトラも俺の弱さに驚いている様子だった。分かるよぉ。うん分かる。

こんな奴がまともに仕事できるのかよ、って思うよね。実際、大したことないから仕方がない。

だけど今はブルーティアがあるから安心しておくれ。結構、仕事できると思うよ。

「ま、なんとかなると思うよ」

「と、とにかく、死なないようにだけ気を付けてくださいね……」

◇◇◇◇◇◇

ローランドに来る途中まで右手にずーっと続いていた森。俺は今そこに来ていた。太陽の光が程よく降り注ぎ、見通しもよい。気持ちよくて、昼寝でもしようかと思うぐらいだ。

けれど、ここには敵がいる。まぁ敵と言ってもまたゴブリンなのだが。俺としては楽に勝てる相手で嬉しい限りだ。

片手でブルーティアを振るいながら、ゴブリンを斬り捌《さば》いていく。ずんずん奥へと進んでいき、目的の『グリーンリーフ』を探す。

それはほんのり明るみのある緑色をしており、ポーションなどの素材となる草のようだ。見本として現物をペトラに見せてもらっているから間違えることもないだろう。

「キィィイイ！」

次から次へと襲ってくるゴブリンを倒していると、宝石が赤く光っているのが目に入った。

実を言うと少し前から光っていたのには気付いていていたのだが、ここで成長させたところであまり効率は変わらないんじゃないかと思い、後回しにしていたのだ。

しかしふと、【成長加速】のサポートを思い出した。レベルを上げておけば、さらに効果が得られるかもしれない。俺はブルーティアのステータスを開き、

「……はっ？」

思わずぽかんと口を開けてしまった。

神剣ブルーティア・ソードモード
FP：50　SP：8　攻撃力：25　防御力：25

急成長している。【成長加速】を手に入れる前は、もっとたくさん倒さなければ成長しなかったというのに、昨日よりずっと少ない数で成長していた。これが【成長加速】の効果か。

俺は驚きと喜びに混乱しながら、その場にしゃがみ込んでブルーティアの操作を続けた。

とりあえず3まで上げただけでこの効果だ。もっと上げるとどうなるのだろう？

どうやらサポートのレベルは10まで上げられるようなので、一気に上げておく。ついでに、【アーチャー】のジョブスキルである【弓】を習得しておいた。

これで『アローモード』という形態が使えるようになるらしい。

ソードモードとは別にパワーバランスを設定できるようなので、攻撃に全振りしてみた。

神剣ブルーティア・アローモード
FP：50　SP：0　攻撃力：45
スキル：剣2　弓1
モード性能：命中補正＋　攻撃力10％減

設定し終えてステータスを閉じると、ブルーティアが光り出し、蒼い弓に姿を変えた。俺の身長と同じくらいのサイズがあり、ソードモードと同じく中央に蒼い宝石が付いている。

弦を引くことで光の矢が出現する。木に向かって放つと、勢いよく飛翔した矢が刺さり、木は消失してブルーティアに収納された。【自動収納】は弓でもしっかり機能しているようだ。

光の矢は少量のFPを消費することによって作れるようで、FPが尽きない限り矢を放ち続けることができる。ソードモードに比べて攻撃力は若干低下するものの、状況に応じてモードを変更して戦えるのは嬉しいな。

モンスター相手の実戦で使ってみたいと思い、周囲を見回していた時だった。

「おっ」

ゴブリンが三匹、少し離れた位置に見えた。俺は近くの木によじ登り、ゴブリンを見下ろす。一匹はこちらに気付いて近づいてきていたが、残りの二匹はまだ離れた場所にいる。

俺は弓を引き絞って、近づく一匹に狙いを定め、放った。ビィンと弦がしなる音の直後、ゴブリンの頭に矢が突き刺さる。そのままゴブリンは絶命した。下がったとはいえ、攻撃力は申し分なし。命中精度も悪くない。続いて二匹めのゴブリンをさっと射抜き、最後の一匹の胸に矢を放つ。

「ゲェエ……」

ゴブリンを倒すとしっかり素材として吸収された。

遠距離から攻撃できるようになったのは便利だな。俺は木を下り、目に入ったゴブリンを片っ端から撃ち抜きながら気分よく奥に進んでいく。

ああ。なんて楽ちん。遠くからチクチク狙うような戦い方もできるし、強敵相手にも苦労せず戦えそうだ。命を懸けて戦うとか俺の性に合わないから、これぐらいが丁度いいや。

そうして進んでいくと、『グリーンリーフ』が大量に群生している場所にたどり着いた。俺はブルーティアをソードモードに変形させ、『グリーンリーフ』を切り刻んでいく。切られた『グリーンリーフ』がブルーティアに収納されていき、みるみるその数を増やしていく。

あらかた回収が済んだ俺は、その場に座って伸びをした。

陽《ひ》の光と風に揺れる木の葉の音が、眠気を誘ってくる。

気持ちいいからって寝るのはダメだ。さすがにモンスターが出現する森で、そんなこと……。

気が付くと、俺は森で堂々と眠ってしまっていた。モンスターは周囲におらず、ほっと胸を撫で下ろす。

「……帰ろっと」

俺はあくびをしながら歩き出す。その後はのんびりと歩いてローランドに帰還した。町に戻る頃にはすっかり日が沈んで真っ暗になっていた。道路に座り込む酔っぱらいが、俺を睨み付けてくる。だがペトラに叱られるのを恐れているのか、誰一人近づいてこない。

内心ホッとしながら、俺はペトラの店に戻った。

「あ、おかえりなさい。生きて帰ってこれたんですね」

店内は客で賑わっていた。確かにこの客たちがみんなツケで飲んだら商売上がったりだな。

俺は空いたカウンター席に着き、食事を頼む。

「あ、グリーンリーフ採ってきたから。納品しておくよ」

「分かりました。じゃあ、品物を出してください」

俺はコクリと頷き、『グリーンリーフ』をドサドサと大量にブルーティアから取り出す。するとペトラがギョッとして、大きな声を上げた。

「納品しすぎでーす！　ななな、なんですかこの量は!?」

その声に、店内の人たちが話をぴたりとやめ、俺たちの方を一斉に見た。シーンとした空気に、ペトラは胸の前で手を振って「な、なんでもないです」と弁解する。

その一言で、店内にざわめきが戻る。ペトラは納品物を前にして、やや引きつった、申し訳なさそうな笑みを向けてきた。

「あの……お金は後日でいいですか？　本部に納品して、お金が入ったらお支払いしますので」

王都レイナークにある、全てのギルドを統括している冒険者ギルド本部。仕事はそこから手配されていることが多く、今回の仕事も本部からの依頼なのであろう。ペトラは現金で払うだけのお金がないらしく、そちらに納品した後に俺に金を払うつもりらしい。こちらも金があるわけではないが、ないところから無理矢理払ってもらうほど鬼じゃない。ここは紳士的に待つことにしよう。

「あー別にいいよ。その代わりじゃないけど、今日の食事と宿代だけそこから引いておいてくれる？　俺も金がないからさ」

「は、はい。本当、ごめんなさい」

店を畳もうかって言ってたぐらいだし、蓄えがないんだろうなぁ。俺はいまだ申し訳なさそうな顔をしているペトラを不憫《ふびん》に思い、この子にもう少し楽させてやりたい、なんて考え始めていた。

◇◇◇◇◇◇

倉庫に戻り、ブルーティアのステータスを見ていた。すると、FPは205、攻撃力と防御力は共に100を超えているなど、またも急成長を遂げていた。

胸の奥から湧き上がる歓喜に思わず黙ってしまう。こうなると、戦闘面での不安はかなり払拭《ふっしょく》されたと言えるし、今度は日常面で何か使える能力がないかを探したくなる。

そう思って調べていると、【知識】というサポートと【錬金術】というスキルが目に入る。

知識：選択した知識を得ることができる。

錬金術：物質を別の物質に変換したり、異なる物質を掛け合わせて新たな物質を創り出せる。

これはあったら便利そうだと思い習得した。俺は試しに、【知識】から『モンスター』と『錬金術』、それから『地理』を選択する。すると、それぞれ選んだものに対する知識が、まるで記憶を思い出すかのように一気に頭に流れ込んできた。

これは、すごいぞ！　勉強しなくてもこれだけの知識が手に入るなんて、夢のような話だ！

錬金術に関して得た知識には、かなり使えそうなものも多数あった。なんでもできるように、俺は【錬金術】を限界レベルまで上げておいた。

残ったスキルポイントで何をしようかと鼻歌交じりで見ていると、【知識】の項目の一つに、『異世界』というものが表示されていることに気付いた。

「なんだこれ？」

それを選択すると、途端に俺の頭の中に、見たこともないような物が次々に浮かび上がってきた。

——自動車

——スマートフォン

——インターネット

どうやらそれらは、俺が住む世界とは違う世界に確かに存在する道具や技術らしい。魔法のような技術を、誰もが使いこなしている様子はまるで夢のようだが、不思議と現実なのだと理解できた。

俺は感嘆の声を上げながら、夢中になってその知識を追っていく。ただ便利なだけでなく、この世界にはない危険もたくさんあるようだが、それでも色んな物に溢れた異世界という場所は魅力的に見えた。

そうしているうちに、突然、ステータス欄に情報が表示された。

『異世界の知識を習得したことにより、新しいスキルが解放されました』

「？」

スキルを確認すると、ジョブの欄に【ガンナー】が追加されていた。これは異世界の武器である【銃】という物を使って戦う職業のようだ。【銃】とは、指先で引き金を引くだけで、金属の塊を高速で飛ばして攻撃できる武器らしい。

一体、ブルーティアはどこまで強くなれるのだろうか。際限なく便利になりそうな神剣に、俺は興奮を隠せなかった。

第二章

異世界の知識を得た翌朝。俺はペトラの作った朝食を摂っていた。未だに報酬のことに関して負い目があるのか、ペトラはどこか余所余所《よそよそ》しい態度だった。

「あのねぇ、気にしなくていいって言ってるじゃないか」

「で、でも……」

「こうして飯を食わせてもらえてるし、寝床も貸してもらってるから死にはしないよ。報酬はその代金だと思ってくれればいい。それに初日に助けてもらった恩もあるしさ」

「……でもあの時、自分だけの力でもどうにかできたんじゃないですか？」

ええ。皆殺しでよければですが。思っても口には出さないでおく。

「難しい仕事ではないですけど、一人で森へ行って無傷で帰ってきたわけですし……ここで落ちぶれている人たちよりかは、よっぽど強いんじゃないんですか？」

「いやーどうかな……」

目玉焼きをフォークでつつき、黄身を割りながら、ふと気になったことをペトラに訊《き》いた。

「あのさ、このギルドで仕事してるのって、俺以外にどれぐらいいるんだい？」

「……アルさんだけですよ」

「え？」

「……みんなまともに仕事をしようとしないんです。飲んだくれて喧嘩して。もう堕落するばかりですよ」

ペトラは目を細めてお怒りの様子だ。

「ふーん……」

俺は目玉焼きを口に放り込みさっさと飲み込んだ。

「ご馳走《ちそう》様でした」

掲示板で今日こなす仕事を探す。と言っても、張り出されているのは二枚だけだけど……。

昨日受けたものと、もう一つは、『鉄鉱石《てっこうせき》の納品・２０００ゼル』というものだ。

「鉄鉱石か……」

昨日入手した【知識】のおかげで、どこで鉄鉱石が入手できるのかは分かっていた。ここから北西の『スピレイ洞窟』だ。そんなに遠くないし、今日中に帰ってこれるだろう。

「ペトラ。これ、やるよ」

「え……まだ仕事するんですか？」

ペトラは真っ青な顔をしてガタガタ震えていた。たぶん、またどっさり納品物があった時のことを考えているのだろう。そんな怖がらなくてもいいでしょ……。

「……あのさ、ちょっと提案があるんだけど」

「て、提案ですか……？」

「あー……ま、明日にでも話すよ」

「？」

俺は震えるペトラに手を振って、笑顔で店を出る。

外は天気がいい。今日もまた、ブルーティアの性能が上がったりするだろうか。

そんなことを考えながら、俺は足取り軽くスピレイ洞窟を目指した。

◇◇◇◇◇◇◇

スピレイ洞窟――。

明かりもないひんやりとした洞窟の中には川が流れており、通路の三分の一ほどは水が占めていた。足元はどこもかしこも濡れていて、気を付けて進まないと滑ってしまいそうだ。俺はたいまつを左手に掲げ、洞窟を奥に進んでいく。

「…………」

水の流れる音だけが響いていて、先が見えにくい分、怖さを感じる。

ここに出現するモンスターは確か二種類いたはずだ。

「キィシャアアアア」

なんて考えていると、水の中からモンスターが飛び出してきた。

ギルマン。全身、魚の鱗《うろこ》に覆われた人型モンスター。水色の肌に、指の股にはヒレがある。ギルマンはビチャビチャと音を立てながらこちらに走ってきた。俺が剣を取ると、水の中から四匹のギルマンが立て続けに飛び出してくる。

「もう、一気に来ないでくれよ。面倒だなぁ」

「シャー！」

先頭を走っていたギルマンは俺の首に噛《か》みつこうと牙を立てる。だが、俺は剣を振るい、口から下を瞬時に切り落とした。頭を失ったギルマンの体が光になり、ブルーティアの宝石に吸収される。同時に頭部分も吸収された。

残る四匹のギルマンは、俺を取り囲むように散開する。頭は悪くないようだ。

一斉に飛びかかるギルマンを、俺は体を回転させながら、【スラッシュ】で四匹同時に切り裂いた。

よし。やはりこちらの攻撃力が高いからか、楽に倒せるな。

全部倒したはずだが、まだモンスターの気配を感じる。警戒していると、このダンジョンに出現する、もう一種類のモンスター、グールも姿を現した。人間のような形をしているが、肉が腐敗し、皮膚がただれ、骨も見えているモンスターだ。知識としては理解しているけれど、対峙《たいじ》したらちょっと気持ち悪いなぁ。俺はそう考えながらも駆け出し、グールの首を刎《は》ねる。

「ガァアアアッ」

グールは一匹や二匹ではなく、次から次へと現れた。その都度《つど》、グールの胴体を、頭を、調子よく切り裂いていく。ギルマンも途中途中でドボーンと水から飛び出し、俺に襲いくる。何度か勢いよく飛んできた水を浴び、ブルッと震える思いをするが、敵の攻撃を喰らうことはなかった。

しかし、ここってこんなにモンスターが発生する場所じゃなかったと思うんだけどな……。

鉄鉱石の入手難易度自体は決して高くないはずだが、これだけ頻繁にモンスターが出現していたら、普通の冒険者なら取りに来れないだろ。

俺はブルーティアのおかげでなんとかなってはいるものの、みんなはどうしているんだ？

思案しながら先に進んでいくと、洞窟の最奥《さいおう》の広い空間に出た。丸く広い空間の壁には、黒光りする鉱石がいくつも埋まっている。あれは鉄鉱石だ。

採取しようとして、そこに、何やら怪しい空気を発するモンスターがいることに気付いた。

俺との距離はおよそ30メートルといったところだ。空間の中央で佇《たたず》むそのモンスターは、俺に気付くと、紅い瞳で睨み付けてきた。

「……人間か？」

そいつは、黒い髪を逆立て、黒いマントのような物で全身を覆っていた。強力なモンスターであるヴァンパイアだ。なんでこんなところにヴァンパイアが⁉

そう疑問に思ったが、同時に、なぜモンスターが大量発生していたのかを理解する。こいつの妖気がモンスターを大量発生させていたんだ。

モンスターは土から自然に、それこそ草などと同じく生《は》えるように生まれ出てくると言われている。モンスターが出現する周期というものがあるのだが、こうやって強いモンスターがその場にいるだけで、その妖気が周期を乱し、通常よりも多くモンスターが発生するのだ。

「人の言葉を理解できるんだな」

「低能な生き物の言葉など、至極単純なものよ」

クククッと笑い声を上げるヴァンパイア。

モンスターには危険度というものが割り振られている。高い順にSからEまで六段階あり、ヴァンパイアはCクラスに位置している。Cクラスともなれば、並の冒険者では太刀打ちできないとされている。

そんなモンスターと向かい合ったら、もう逃げるなんて選択肢は選ばせてもらえないよなぁ。

直接やりあって、俺は勝てるのだろうか？　少し不安なので、できる限り相手を油断させることにした。

「俺なんてお前から見たら雑魚《ざこ》もいいところなんだろうな」

「雑魚どころか、ただのゴミだな。お前など話になるものか」

「あはは。だったら、逃がしてほしいんだけど……」

ヴァンパイアは否定の意思を示しているのか、ガバッと大袈裟《おおげさ》にマントを翻す。俺はゴクリと息を呑み、たいまつを地面に置き、ブルーティアの宝石に触れ、ライフルモードに変形させた。

スコープの付いた蒼い銃へと変形したブルーティアを、ヴァンパイアへ向けて構える。

「逃がすと思うか――弱き者よ！」

フワッと宙を舞うヴァンパイア。俺はヴァンパイアの頭に照準を定める。

「ふん。そんなオモチャでどうするつもりだ？」

「できたらそこを動かないでほしいんだけれど」

「分かった」

「え、本当？」

「――とでも言うと思ったか！」

ヴァンパイアは俺に向かって音もなく飛翔する。だが、さすがに異世界の武器である銃がどんな機能を持っているか知らず、オモチャと甘く見たせいか一直線にこちらに飛んできていた。

ありがたい。冷静に引き金を引くと――轟音が洞窟内に響き渡った。ヴァンパイアの頭は吹き飛び、死体はバタンと地面に落ちてブルーティアに素材として吸収された。

「はぁ。油断してくれてよかった。しかしなかなかの威力だな、ライフル」

ライフルモードは、FPを多く消費して強力な一撃を放つことができる。

新しい武器のモードも試すことができたし、Cクラスにあっさり勝てたし、今回は言うことなしだったな。俺は安堵のため息をつきながら、ブルーティアをアローモードに変化させ、鉄鉱石を狙い撃って回収していった。

◇◇◇◇◇◇

スピレイ洞窟から戻った俺は、またも成長しているブルーティアに歓喜の声を上げていた。

神剣ブルーティア・ソードモード
FP：802　SP：178　攻撃力：401　防御力：401
スキル：剣2　弓1　銃1　錬金術10
サポート：収納　自動回収　成長加速10

やはりヴァンパイアを倒したのが大きかったのだろうか。さらに、新しいお知らせが表示されて

いるのに気付いた。

『ブルーティアの総ステータスが1500を突破したので、ヒューマンモードを解放します』

【ヒューマンモード】――これまでソードモードで剣に、アローモードで弓になっていたブルーティアが、今度は人間の形になるということだろうか。

興味津々《しんしん》の俺は、一も二もなく【ヒューマンモード】への変形を命じた。ところが現れたのは人間ではなく、ステータス画面であった。

「？　『髪型』に『服装』……？」

ステータス画面には、人間の形と思《おぼ》しき絵と、髪型や服が表示されていた。絵を見る限り、どうやら女の子の形になるようだ。なるほど。異世界の『テレビゲーム』のように、見た目の設定ができるというわけだ。俺の好みで設定していいようなので、少し考えた後、表示されている中から選択をしていく。

と言っても、顔や髪型、体型なんかは俺が好き勝手にいじるのも気が引けたので、どちらもランダムに設定した。生き物を生み出す感覚だしな。服装や『オプション』なる項目は、まあ俺がいじってもいいか。服装はメイド服なんかが可愛いと思ったので、少し際どい物を選択。オプションは、猫耳と尻尾を選んだ。選択が終わると、ブルーティアが光を放った。

「おっ」

徐々に光が収まると、そこには――蒼くさらさらの長い髪に同じく蒼い猫耳を生やし、長いまつ毛に桃色の唇が白い肌に映える完全無欠の美少女が立っていた。

理知的な顔に眼鏡をかけ、抜群のスタイルを包むメイド服が眩《まぶ》しい。あまりの美しさに、俺の心臓が跳ねる。恐る恐る話しかけてみる。

「は、はじめましてっ」

「………」

「あれ？」

全く反応がない。まるで精巧な人形のようだ。俺は彼女が首に着けたチョーカーにある、蒼い宝石に触れてみた。すると、ヒューマンモードのステータスが浮かび上がる。

そこには、なんとこの状態のブルーティアには自我がないことが示されていた。つまり、本当に人形のような状態というわけだ。

ただ立っているだけでも絵になるけど、さすがにこのままじゃ可哀想《かわいそう》だなあ……。どうやらSPを使えば性格設定もできるらしい。俺はそれもランダムを選び、どうなるか反応を待った。

すると、ブルーティアの眼がキョロキョロと動き、状況を確認しだした。

そして俺に視線を固定し、深々と頭を下げてきた。

「はじめまして。ご主人様」

「はじめまして」

「この度は自我を与えてくださり、誠にありがとうございます」

「いやいや～大したことじゃあないよ」

「それで、私はご主人様のために何をすればよいのでしょうか？」

綺麗な澄んだ声で、淡々と話すブルーティア。本当に人間と会話しているような感覚だ。

「何をって……君は何ができるんだい？」

「私ができることは……人間ができることと同程度のことは可能かと思います」

「ふーん。じゃあブルーティア……って呼び方はなんか長いな。なあ、ティアって呼んでもいいか」

「はい。では、私の名称はティアで登録しておきます」

ペコリと頭を下げるティア。

「じゃあティア。今の君が戦っても、ブルーティアとして性能が上昇するのかい？」

「はい。強くなります」

俺はその言葉を聞いて、思わず拳を掲げて喜んだ。これなら、俺は後ろで控えていても、ティアが戦ってくれるだけでブルーティアが勝手に強くなる。これからは働かずして、自動で成長するということだ。なんて素晴らしい。ものぐさな俺にはピッタリじゃないか。

「ですが、一つ問題がございます」

「問題？　どんな？」

「ブルーティアの『武器』としての能力と、私自身……ここは便宜上《べんぎ》、『ティア』と区別させてもらいます。『ティア』としての性能は、『武器』の影響を受けないのでございます」

「あー……ティアのステータスとブルーティアのステータスは別ってことか」

「はい」

武器とそれを振るう人の力は別なのと同じようなものか。

「ブルーティアはあくまで、ご主人様あっての性能でございますので、私単独ではその性能を引き出すことはできません。逆もまた然《しか》り、私なしではご主人様もブルーティアの力を使うことはできません」

なるほど。それが俺の【神剣使い】としての特性であり、欠点でもあるということだな。剣が持つ諸々《もろもろ》のスキルも、武器としてのブルーティアを持たないと使用ができない、と。

「ティア自身は、どれぐらい戦えるんだ？」

「現状、全くと言ってもよいぐらい無力かと……私の能力をステータスで確認できますがどういたしますか？」

「じゃあ、頼むよ」

ティアは「かしこまりました」と頭を下げて、俺の前にステータスを表示してくれた。

神剣ブルーティア・ヒューマンモード
レベル：1　HP：5　FP：802　筋力：3　魔力：3　防守：2　敏捷：3　運：2
スキル：――
サポート：収納　自動回収

これは……なかなかひどい。

でもＦＰだけはブルーティアと共有しているのであろう、高い数値を誇っている。

「あ、サポートはそのまま使えるんだ？」

「はい。使用できるものが限られてはいますが……」

「いや。とりあえずこの二つがあれば十分だ」

能力値の低さは、この便利な二つの機能があれば気にならない。素直にありがたいと思う。

「よし。まずは利害を一致させようじゃないか」

「利害……ですか？」

俺の言葉にティアはキョトンとしていた。

「ああ。ティアにやってもらいたいことがあるんだ。だけど、ただやってもらうだけじゃなくて、ティアにも利益があるようにしたい。まぁ、異世界で言うところの『ウィンウィン』ってやつだ」

「私はご主人様が喜んでくれるのであればそれがご褒美なので、あなたのために働かせてもらうだけで十分でございます」

なんてメイドの鑑《かがみ》のような子！　だけどそれでいいのだろうか？　ティアだって、自我に目覚めたのだから個人の欲望のようなものがあるはずだ。

俺は一瞬思案するが、たぶんこの様子じゃ何を言っても何も欲しがらないと思った。

だったら彼女の利益を、俺が後から考えてやろう。

「じゃあ、ティアは町の外のモンスターを片っ端から倒してきてくれないか。素材を回収しつつ、ブルーティアの性能を強化して、さらに俺の手も空く。一石三鳥の重大任務だ。よろしく頼んだよ」

「かしこまりました。ただ、ご主人様……モンスターと戦いたいのは山々なのですが、ご主人様のいない今の私は、人間の娘と変わらない能力しかございません。戦えば強化されるものの、差し当たって、戦う術《すべ》が必要になります」

「そうだよな……ちなみにティアのジョブはなんなんだ？」

「私にはジョブという概念はありませんので、命じられたように戦えます」

ふむ。それは便利だな。しばし彼女の戦闘スタイルについて思案する。

「よし……ティアには刀で戦ってもらおうかな」

「刀……異世界の武器でございますね」

「ああ」

【知識】も機能しているのだろう。ティアは説明をするまでもなく、刀のことを知っていた。俺はさっそく刀を用意するために【錬金術】を使用することにした。

「ティア、武器になってほしいから、ちょっと操作するよ」

「いえご主人様、操作の必要はございません。【自我】を得たことにより、こちらでサポートできるようになりましたので、私に言い付けてくだされば武器に変形できます」

「そうなの？」

今までは操作しなければモードの変更はできなかったが、言葉だけで可能になったと。また便利になったな。

「じゃあ……ソードモードだ。ティア」

「かしこまりました」

頭を下げたティアはソードモードになった。

「【収納】から『鉄鉱石』を取り出してくれ」

『かしこまりました』

黒く四角い形になった鉄鉱石がコトンと目の前に落ちる。俺は両手を鉄鉱石に向けて、【錬金術】を発動した。錬成陣が地面に浮かび上がり、鉄鉱石が光り出す。

俺の【錬金術】はレベル10。これは、一人の人間が膨大な歳月をかけて到達する境地であり、少なくとも歴史上に達成した者はいないようだった。これで人間に創造を許された物は、全て製作可能になっている。

加えて、スキルレベルが高いため、【上級錬金】が可能となり、同じ物を作ったとしても通常よりも性能の高い物、あるいは別の上位の物を錬成することができるのだ。

【知識】で素材や武器に対する深い理解も得ているため、失敗することもあり得ない。

鉄鉱石の輝きが収まると、そこには白い柄の刀があった。

「できた……」

俺は初めての錬金術に興奮していた。我がスキルながら、本当にできるものなんだな、と感心しつつも、どんな性能なのかが気になってそわそわしてしまう。そこに、ティアが声を発した。

『ご主人様、【鑑定】を習得しておくと、アイテムの性能も人の能力も分かるようになるので便利でございますよ』

「そうか。なら【鑑定】スキルを習得しておくかな」

『レベルはどういたしましょう?』

「うーん……奮発して10にしておこう」

『かしこまりました。SPは30を消費しますが、習得しておいてよろしいですか？』

「あ、それもティアがやってくれるんだ。じゃあ頼むよ」

自分でスキルを選択する必要もないのか……本当に使える子だな。

ステータスに『【鑑定】を習得しました』と表示されたのを見て、早速刀に対して使ってみた。

刀＋
ランク：C＋　攻撃力：58　追加性能：敏捷＋10

「おおっ。狙い通りの物ができたな」

通常、鉄鉱石で作れるのは『刀』だが、【上級錬金】のおかげで『刀＋』になっている。ランクもCからC＋になっていて、この素材では破格の攻撃力を誇る武器となった。

ティアは人間の姿に変化し、刀を腰に装着する。このレベルの武器があれば、今のティアでもここら辺に出現するモンスターに勝てるだろう。

「じゃあ明日からよろしく頼むよ」

「かしこまりました、ご主人様」

これで俺は、別のことに注力《ちゅうりょく》できるようになる。やんわりと優しい微笑《ほほえ》みを浮かべてくれたティアを見て、俺は眠る直前まで明日からの生活について考えていた。

◇◇◇◇◇◇

「おはよう、ペトラ」

「アルさん。おはようご……って、その方誰ですか？」

朝ペトラの店に顔を出すと、彼女は俺に続いて入ってきたティアを見ながらそう訊いてきた。

「あー……実はさ」

ペトラはうんうんと二回頷き、前のめりになり話を聞く。

「ほら、昨日まで俺が背負っていた剣、あっただろ？」

「ああ……そうでしたよね。それが何か？」

「あの剣が人間になってさぁ。それがこの子なんだよ」

「は……？」

ペトラはキョトンとティアを見て、数秒固まった後、

「あの、あまり面白くないですけど……」

たちの悪い冗談だと思ったらしく、顔をしかめた。

「いやいや。冗談ではなくてだね、本当にあの剣があの子なんだよ」

「…………」

ジト目で俺を見るペトラ。まぁ、こんな話、そう易々《やすやす》と納得できるわけないかぁ。

「はじめましてペトラ。私はご主人様の剣、ブルーティアでございます。私のことはティアとお呼びください」

「……ふ、二人して私をからかってるんですか?」

俺はため息をつき、ティアに向かって命令を出す。

「ティア。ソードモードだ」

「かしこまりました」

ティアの体が光に包まれて剣に変わる。俺はブルーティアを手に取り、肩をトントンと叩いた。

「な?」

「……どうなってるんですかー!?」

「あー、いや……説明すると長いんだけど……」

かくかくしかじか。俺は信じられない様子のペトラに経緯を説明する。

「はー……神剣に、神剣使いですか……不思議議なジョブなんですね」

「信用してくれた?」

「はい。まぁ……」

ペトラに用意してもらったパンと目玉焼きを口に運びながら会話している最中、ティアは俺の真後ろで静かに立っていた。横に座ればいいのに。

「でも、なんでそんなこと私に説明してくれたんですか? 誤魔化《ごまか》してもよかったのに……」

「ペトラには知っててほしかったんだよ」

「私に知っててほしかったって……もしかして私のこと特別だと思ってくれてるんですかー!?」

ペトラは顔を真っ赤にし、大慌てしている。

「まぁ、そうかな」

「えええ、うえええええっ!?」

「だってペトラとは、パートナーになりたいからな」

「パパパ、パートナーだなんて話が飛躍しすぎですよー！　もっとこう、友達からとかそういう段階が……」

ペトラは目を回して、頭から煙を噴き出した。この子、何か勘違いしているな。

「いや、俺が言っているのは仕事のパートナーになりたいってことなんだけど」

「し、仕事？」

「ああ」

ペトラは自分の勘違いに気付き、パニック状態で話を続ける。

「ししし、仕事ってなんですか？　私お酒出すぐらいしか能がありませんし、アルさんにお酒出しながら戦えばいいんですか？」

「俺にお酒を出さなくてもいいし、戦わなくてもいいんだよ。簡単に言えば、この町で一緒に仕事しないかって話」

「し、仕事ですか……えっと……ええ？」

「ま、今すぐどうのこうのって話じゃないし、考えておいてよ」

「は、はあ……」

「ご主人様」

ティアの声に俺は彼女の方を振り向いた。微笑を崩さないままティアは言う。

「私、そろそろモンスター退治に出かけてもよろしいでしょうか？」

「ああ。頼むよ」

「かしこまりました。では」

ティアは頭を下げて店を出ようとする。

が、俺はふとティアがいない時――ブルーティアがない時にトラブルに巻き込まれたらどうしようかと考えた。この町のガラの悪さを考えると、よろしくないよなぁ。

「あー、ティア」

「なんでございましょう？」

「その、ティアがいない時に誰かに襲われても対処できるような、何かいい方法はないかな？」

「そうでございますね……では、離れていても会話ができる【通信《テレパシー》】と、ご主人様が呼んでくだされば一瞬で駆けつけることができる【呼出《コール》】。この二つのサポートを習得しておくというのはどうでしょうか？」

そんな機能もあるのか。俺はティアに命じて、二つとも習得してもらった。習得が終わったティアは、「では、行ってまいります」と頭を下げて、店を出ていった。

ペトラはティアの後ろ姿を見送ってから、いまだ信じられなさそうな顔で言う。

「……なんだかよく分かりませんが、【神剣】ってすごいんですね」

「ああ。本当に便利……というか、便利を通り越してチート性能だよ」

「チート？」

チートという単語に首を傾げたペトラだったが、ハッと急に何かを思い出す。

「あ、そうだ。ルカにお店頼んでおかなきゃ」

「ルカ？」

「あ、私の妹なんですけど、留守の間は店番を任せているんです」

「ふーん。なんで留守にするんだい？」

「アルさんから受け取った素材を本部の方へ納品しに行こうと思っていて」

王都レイナークにあるギルド本部か……、

「……それ、俺も付いていってもいい？」

「え、構いませんけど……なんでですか？」

ペトラは頭に疑問符を浮かべた。俺は、

「後学のためにさ」

そう短く答え、朝食を平らげた。

◇◇◇◇◇◇

ペトラに付いて町の外に来た時、急に大声を浴びせられた。

「おうペトラ！　なんだこいつは⁉」

赤髪を逆立てたなんともガラの悪い男が、俺の眼前までずんずんと歩いてきた。そして、ずいっと顔を近づけて睨みを利かせてくる。鼻先が触れ合うほど近い。暑苦しいからちょっと離れてくれ。

「この人はアルさんです。今回うちで仕事をしてくれた人ですよ」

「そうなのか？　ああっ⁉」

「そ、そうだけど……ちょっと離れてくれません？」

男はギロッと一度俺を睨むと、面白くなさそうに鼻を鳴らしてから踵《きびす》を返し、待機していた馬車に乗り込んだ。それは俺たちも乗る予定の馬車だ。

なんなんだよ一体。あんな奴と一緒に王都に行くのか？

彼の腰には剣があるが、冒険者をやっているような印象はない。というかどう見ても町のチンピラにしか見えないんだけれど、なんのために付いてくるのだろう。

ペトラが苦笑しながら教えてくれる。

「今の人はボランさん。この町で一番強い人なんです」

「へえ。それでそのボランがなんで一緒にいるんだ？」

「私だけで王都まで行くのは危険なので、護衛を頼んでいたんです。アルさんが来るなら、大丈夫だったかもしれませんね」

ペトラは可愛らしくはにかんでくれるが、ブルーティアのない今の俺を当てにしない方がいいと思う、とは口に出せなかった。たぶん、その辺の一般人と大差ないよ。切ないぐらい……。

「でもあんな悪人面した人に頼んでいいのか？」

「ああ見えてボランさん、いい人なんですよ」

馬車の方へと視線を向けると、荷台の中からギラついた目で俺を睨むボランの姿があった。

「……ほんとかよ」

俺は嘆息しながら、ペトラに続いて馬車へと乗り込もうとした。すると。

「おい！」

「な、何？」

ボランが眉間に深い皺《しわ》を作り、険のある大声で俺に言う。何か癇に障っただろうか。

「足元、危ねぇから気ぃつけろよ！　怪我すんじゃねぇぞ！」

「あ、はい」

表情と言っていることが一致していない。

なんなんだよ、こいつ。

◇◇◇◇◇◇

道中、特に危険もなく（ボランの視線が危険そのものであったが）王都レイナークへと到着した。

王都は当然だが、ローランドやマーフィンと比べれば圧倒的に大きい。石造りの立派な建物が多く、数えきれないほどの人が行き来していて、活気に溢れ過ぎているくらいだ。

俺たちは馬車を引きながら冒険者ギルドの本部へと移動していたが、あまりの人ごみに、俺は酔いそうになっていた。

「あれがギルドですよ」

「おお、あれが……！」

王都の中央には大きな城がある。そしてその手前には、大きな屋敷のような建物があった。どうやらそこが、ギルド本部であるようだ。人酔いしていなければ、もっとはしゃいでいたかもしれない。建物の横に馬車を停め、納品物の入った箱をペトラと一緒に降ろして、建物の中に持ち込んだ。

ギルドの内装も豪華で、驚き見渡していると、誰かに声をかけられた。

「おお！　アルじゃないか！」

「テロンさん！」

彼はテロン。マーフィンのギルドで働く職員である。外見はヒゲを蓄え、そこらの冒険者よりよっぽど屈強なゴツい体格をしている。「なんで事務なんてやってるの？」と訊きたくなるレベルだ。

「お前、シモンに辞めさせられたんだってな？　ったく、何考えてんだよあいつは」

ここにはいないギルドマスターに憤るテロンさん。彼をはじめとした職員や冒険者は、多くが俺の味方になってくれていた。マーフィンを離れて3日。彼の姿が妙に懐かしく思える。

「みんな心配してたんだぞ？　マーフィンから出て、どこに行ってたんだよ？」

「ローランドだよ」

「ローランドってお前……なんであんなところに行っちまうんだよっ」

テロンさんの言葉に反応したのはペトラだった。

「あんなところって……確かにあまりいい場所ではありませんけど……！」

住んでいる町を悪く言われて少しカチンときたようだが、反論しようとして黙り込んでしまった。

「ああ、あそこに住んでるのかい？　気を悪くさせちまったのならすまないな、お嬢ちゃん」

「い、いえ……」

ペトラが引き下がったのを見て、テロンさんは俺の耳元に顔を寄せて囁《ささや》くように言った。

「アル、これからもあそこで暮らしていくつもりなのか？」

「まぁ、今のところはそう考えてる」

「あんなゴロツキだらけの町より、王都で暮らす方がいいんじゃないか？」

「そうなんだけどさ。あっちで商売するのも悪くないかも、って思ってるんだ」

「商売……ね。商売も、王都でする方がいいと思うぞ？　マーフィンじゃゴルゴに目を付けられているからまともに働けないだろうが、ローランドに仕事なんててないだろ」

「ちゃんと考えてるよ。それに……」

「それに？」

俺はペトラに視線を向ける。あの町では奇跡とも言えるほど善良な女性。俺はこの子を助けてあげたいと思っている。一宿一飯の恩ではないけれど、今の未来がない生活はなんとかしてやりたい。裕福にならなくてもいいけど、せめて不安のない毎日を送れるぐらいにはしてあげたいんだよな。

「いや、なんでもないよ」

「そうか。みんなもお前に会いたがってんだから、たまには顔を出せよ」

「ああ。そうするよ」

「エミリアもまだ帰ってきてないが、帰ってきたらお前がローランドにいることを伝えておくよ」

「ああ……」

そうだ、ドタバタしていて、エミリアのことをすっかり忘れてた。シモンに口利きまでしてくれたのに出ていったと知ったら怒るだろうか。それとも、シモンに怒鳴り込むのだろうか……。

「たぶん帰ってきたら荒れるだろうな……」

「……やっぱり、テロンさんもそう思う？」

青い顔のテロンさんは、用事が済んだのか「じゃあな」と一言告げて去っていった。

俺はペトラたちと共に、納品物を持ってギルドの奥を目指した。

◇◇◇◇◇◇

納品を済ませた俺たちは、報酬を受け取って外に出てきた。俺がやっていたのは内部の事務だったので、ギルド本部とのやり取りは初めて見られた。ためになることも多かったし、収穫はあったと言えるだろう。知人にも会えて、やはり付いてきてよかったと思える。

「あ、これ、どうぞです」

報酬から、俺に渡される分を袋に詰めてペトラが渡してくれた。毎日の食事や宿代は、あらかじめペトラに言って抜いてもらっている。

それを差し引いてもぎっしりとした重みに、俺は満足していた。

「アルさんのおかげでもう少しお店続けられそうです。天の助け、ですね」

ホクホク顔で言うペトラ。だけどそれって、根本の問題は何も解決してないよな。俺があそこで仕事を続ければそれで一時凌ぎにはなるけど、根本をどうにかしないと店にも町にも未来はない。

まぁ、今はそんなこと言わなくてもいいか。彼女の愛らしい笑顔を見て、俺はそう考えた。

「あ、ボランさんにもお金渡しておきますね」

「ああっ!? サンキューな!」

なんで怒りながら受け取るんだよ、あんた。嬉しいなら嬉しそうな顔すりゃいいのに。

「じゃあそろそろ帰りましょうか」

「え? もう帰るの?」

「はい。寄り道なんてしてたら、遅くなっちゃいますよ」

「あーそっか。ティアがいたら素材売ってもよかったんだけどなぁ」

今からでもティアを【呼出】でここに来てもらおうか。そんなことを考えた時だった。

「おい! デビルグリズリーの大群が来たぞ!」

「またかよ! 最近どうなってんだ!?」

周囲の人々が騒然としだす。城の騎士や、冒険者たちが王都の外へ駆け出すのを見て、ボランはその中の一人を捕まえた。

「おいてめえ! 何かあったのかよ、ああっ!?」

胸倉を掴んで怒声にしか聞こえない声でそう訊く。ただ喧嘩を売っているようにしか見えないからもう少し振る舞いを考えた方がよいのでは? 俺はそう思うが、言っても無駄だと瞬時に判断し、何も言わないでおいた。

「こ、こんな時になんなんだよ!? レイナークにモンスターの大群が来てるんだ! お前と喧嘩してる場合じゃねえんだよ!」

手を振り払った冒険者はそのままみんなと同じ方向に走っていった。

「モ、モンスターの大群って……これ、帰れないんじゃ……」

「だろうね。こんな状況で外に出るなんて、自殺行為もいいとこだ」

残った人々は不安げな様子を見せている。彼らの反応から初めてのことではないと分かるが、どうも異常事態であるようだ。

「なんでこんな手薄の時に現れるんだ！」

「こんな頻繁に大群で現れて、誰かモンスターと繋がってるんじゃないのか!?」

「き、今日こそ終わりかもしれないな……」

ボランは周囲の声を聞き、プルプルと震え出した。怯えているのかと思ったが、違うらしい。

「みんな困ってんのかよ！　俺が行ってぶっ倒してきてやる！」

駆け出そうとするボランの肩を掴んで止める。

「ちょっと待ちなよ。あんたが町一番の強さでも、敵はもっと強力かもしれないだろ」

「敵の強さなんて関係ねえだろ！　ああっ!?」

「関係あるよ。敵《かな》わない相手に無謀に挑むのは褒められたものじゃない。できることとできないことを区別しないと」

「区別もキャベツもねえんだよ！　全部俺が倒す！」

顔の前で拳を握り締めてボランはそう叫ぶ。俺はため息をついてボランに言う。

「だったら、俺も行くよ」

「ああっ？」

「もしかしたら俺なら、なんとかなるかもしれない」

俺はペトラの方を向き、彼女に話す。

「ペトラはギルドで待機しておいてくれ。絶対外には出てくるなよ」

「出ろと言われても出れませんよ」

ペトラは青い顔でそう言った。俺は彼女に頷《うなず》き、そして一度大きく息を吸う。

「【呼出】！　ティア！」

俺がそう叫ぶと、目の前の空間がキラキラと輝き出した。

光の中から、刀を振るっている最中のティアが現れる。どうやら何かと戦っていたようだ。

「うおわっ！　何すんだ、てめえ！」

「失礼しました」

ボランの鼻先をかすめそうになった刀を納刀して、ティアは頭を下げた。

「すまなかった。戦っている最中だったんだな」

「いえ。私の最優先事項はご主人様なのでお気になさらずに」

「早速だけど、外に大量の敵が来てるらしいんだ。そいつらを蹴散らしたい」

「かしこまりました」

ティアは頭を下げるとソードモードになり、俺の背に収まる。

そのまま外へ行こうかと考えたが、その前にボランのステータスを確認しておくことにした。

「【鑑定】」

ボラン・ボウラン
ジョブ：ナイト　レベル：5　HP：23　FP：9　筋力：10　魔力：4　防守：15　敏捷：8
運：9
スキル　剣1　硬化1

「いやいや。ボランもここで待ってた方がいい。絶対来ちゃ駄目だ」

町一番の実力者ということだったが、レベル5じゃ話にならない。モンスターとの戦いに慣れた駆け出し冒険者程度の実力だし、こんなので大群と戦ったら自殺行為もいいところだ。

レベル2の俺も偉そうなことは言えないけど、俺にはブルーティアがある。

「行くに決まってんだろうが！　モンスターなんて俺が――」

「外に出る代わりに、ここでペトラたちを守ってほしい。これはボランにしかできないことだ」

「……よし。やってやる！」

「頼んだよ」

彼は素直に納得してくれた。見た目からは想像できないぐらい優しい彼なら、頼めば外で戦うより人を守ることを優先してくれるんじゃないかなと思ったが、俺の考え通りの選択をしてくれた。

俺は安心してモンスターたちのいる方へ走った。

巨大な門をくぐると、冒険者たちが集まっていた。その先の草原に、巨大な熊型のモンスターが大量に迫ってきていた。

『デビルグリズリー……でございますね』

「ああ……」

デビルグリズリー。全身に生える毛は夜のように真っ黒で、悪魔のような深紅の瞳を持つ。大きさは大人の倍ぐらいあるだろう。危険度Cクラスのモンスター。この間のヴァンパイアと同じ危険度ではあるが、その実力は桁違いだ。ヴァンパイアはCクラスでも底辺に位置するが、デビルグリズリーは上位に位置づけられている。実力のある冒険者でも、単独なら避ける相手だ。

ヴァンパイア相手でも並の冒険者じゃ歯が立たないってのに、さらに強いデビルグリズリーが、ざっと見ただけでも数百はいる。

『三〇〇体といったところでしょうか。今のご主人様が勝てる見込みは、1%程度……』

何その絶望的な数字。こんなのどうやって切り抜ければいいんだ。

集まった人たちは王都を守るため、必死に戦っている。けれど、次々その数を減らしていっていた。血で赤く染まるグリズリーたちの白い爪に、ぞっとしてしまう。

「こ、このままじゃ……俺たちは」

「くそっ……諦めるな！　諦めなければきっと……」

「俺たち……死ぬのかよ!?」

戦士たちは、口々に絶望的な言葉を叫ぶ。戦場に絶望が広がっていき、みんな、みるみるうちに青い顔になっていく。中には対等以上に戦える人もいるようだが、如何《いかん》せん数が多すぎる。このままじゃいずれ全滅するのは火を見るよりも明らかだ。

「この様子じゃ、上級冒険者はほとんどいないみたいだ」

『騎士にしてもそうだと思います。何か訳あっていないようですね』

俺はブルーティアを握り、必死で考えを巡らせた。

「ティア。さっきの数字だけど、『今の』俺がって話だったよな。もしかして俺があいつらに勝てる方法があるのか？」

『はい、ございます。まずご主人様の能力を引き上げるサポートスキル【身体能力強化】、そして【剣】のスキル。この二つを最大まで習得すれば、問題はなくなるかと思われます』

「なるほど……じゃあ、二つとも最大まで習得してくれ」

『かしこまりました』

ブルーティアが光る。と同時に、俺の体の奥底から力が漲《みなぎ》ってきた。なんだってできるという全能感が支配する。

『これでご主人様がデビルグリズリーに勝てる確率は――100％でございます』

「よし!!」

俺はブルーティアを手に取り――全力で駆け出した。

「さっさと蹴散らそう！」

風のような速さでデビルグリズリーとの距離を詰める。まずは反応できない背中から、グリズリーに剣を突き立てた。すると、硬いはずの皮膚をいともたやすく貫くことができた。身体能力と剣の扱いが、段違いに向上している。一撃で斬り伏せ、次のグリズリーへ向かった。

迅く、強く、鋭く。俺の剣は確実に、無駄のない動作で敵の数を減らしていく。

「ははは……なんだこれ……無敵じゃないか！」

自分のあまりの強さに感動してしまう。

俺は今――最強だ!!

「な、なんだあいつは!!?」

「す、すげー……上級冒険者か!?」

「誰か知らねえけど、あいつがいるなら……行くぞ、みんな!」

俺の戦う姿を見た人たちが、奮起してデビルグリズリーへ向かっていく。さっきまでは押されるばかりであったが、少しずつデビルグリズリーを斬り倒していく。

「ガァアアアア!!」

デビルグリズリーは俺を切り裂こうと爪を振り下ろすが、俺はこれを後方に跳んで避ける。

「【ソニックストライク】!」

【剣】スキル最強技、【ソニックストライク】。回避と同時に、剣を横薙《な》ぎに振るうと、巨大な真空の刃が何十というデビルグリズリーを容赦なく切り刻んだ。

「あ、あいつ、強いなんてもんじゃねえぞ! 化け物だ!」

「あんな奴、ギルドにいたか!?」

「いや、あれだけ強かったらもっと有名になっているはずだ……」

敵前だというのに俺の姿を呆然《ぼうぜん》と見る味方に、「来るぞ!!」と叫ぶ。ハッとなった冒険者たちは、再び敵へ向かう。だが、これじゃあ埒《らち》が明かないな。俺は全力でグリズリーを蹴って跳び上がった。

「ティア。敵を一掃したい。【火術《かじゅつ》】の習得を最大レベルで頼む。モードはロッドで、バランスは魔攻力100だ!」

『かしこまりました』

デビルグリズリーの弱点である火の魔術を習得し、先端に宝石が付いた杖に変化したブルーティアを握り締める。ロッドモードのブルーティアは、攻撃力がダウンする代わりに魔攻力が50%アップする。その状態で、最大の【火術】を解き放つ！

「【フレイムレイン】!!」

ブルーティアの宝石から上空へと、紅い閃光が昇っていく。そして空中でドンッと花火のように弾《はじ》けたかと思うと――いくつもの炎が雨のようにデビルグリズリーへと降り注いでいく。無差別に見えて、しっかり敵を捕捉した攻撃が、デビルグリズリーたちの急所を貫いていく。

「グオオオオオン！」

叫ぶグリズリーに、戦場はパニックになっていた。

「ななな、何が起きてんだよぉ!!」

「う、上を見ろ！　あいつだ！」

「こ、これが人間になせることなのか……？」

「強すぎだろ！！！」

大騒ぎする戦場の戦士たちは俺の方を見ながら、大きく口を開いて固まっている。

やがて攻撃が収まると、デビルグリズリーは根こそぎ退治されていた。

術の終了と同時に着地すると、周囲の人々が俺を囲んだ。

「すげー！　すごすぎだろ、あんた！」

「お前、どこかのギルドに所属してるのか!?　よかったらうちのギルドに来いよ！」

「いやいや、お前は騎士になるべきだ！　俺が騎士団長に話を通しておくよ！」

俺は草原の真ん中で、人々にもみくちゃにされていた。別にこういうのは嫌いではないけれど、ちょっとこの数はさすがに疲れる。

「今は別のギルドに所属してるからいいよ。それより、一つ訊きたいことがあるんだけど」

「なんだ？」

一人の騎士が応える。

「今回のことで、特別報酬とかないの？」

お金は大事だから、もし貰えるものなら貰っておきたい。

「それなら王様に話を通しておこう。きっと褒美を用意してくれるよ。君はどこのギルドの者なのだ？　後日連絡することになると思うから、教えておいてくれ」

「ローランドの冒険者だよ」

「「「ロ、ローランド……？」」」

さっきまで大騒ぎだった人たちが、まるで時間が止まったようにピタリと固まった。

「またまたー！　ローランドとか冗談キツイよ！」

ゲラゲラ笑い出すみんな。いや、冗談じゃないんだけどね。

◇◇◇◇◇◇◇

戦いが終わり、俺たちはレイナークの通りを歩いていた。ペトラの証言もあって俺がローランドのギルド所属だと知った騎士は、やや引き気味に王様に報告をしに行ってくれた。

俺はというと、デビルグリズリーを大量に倒して手に入れた素材に興味が移っていた。

『黒い毛皮』『熊の爪』『熊肉』。毛皮と爪は必要最低限の分以外は道具屋で買い取ってもらい、肉に関してはそのまま持っておくことにした。いざという時に換金する用にと、味がどんなものなのか確かめる用。【収納】の空間の中では食料は腐らないらしいので、ありがたく保存しておいた。

しかし本当にブルーティアの能力は便利だ。思わずティアを抱きしめそうになる。ティアじゃなく周囲に変態扱いされそうだからやめておくけど。

「しっかし疲れたなぁ。もう夕方だし、どこかで宿を取ろうか」

「そ、そうですね……」

ペトラは自分の所持金をチラチラ確認しながら汗をかいていた。

「気にしなくても、臨時収入もあったし宿代は俺が出すよ」

「そ、そんな悪いですよ！　宿代くらい自分で……」

「なら俺は野宿でもすっか！」

ボランは人通りの少なくなった通りの脇で、ゴロリと横になる。なんでもありか、あんたは。こんなとこで寝てたら怪しい人だって通報されるよ。

「ほら。ボランの分も宿代出してあげるから」

「ああっ！　マジか!?」

「マジだよ。マジ。今日中に帰る手段がないんだから仕方ないし」

「あの、ご主人様」

「何？」

ティアが眼鏡をくいっと上げ、口を開く。

「【空間移動《ワープゲート》】を習得すれば、一瞬でローランドまで帰ることが可能ですよ」

「え？　そんな便利スキルあるの？」

「あるのでございます」

なんてできた子なんだ。

俺は思わずティアの頭を撫でていた。するとティアは、まるで猫のように喉をゴロゴロと鳴らし、目を細めた。あれ、猫耳って単なる飾りじゃないのか……？

「では、習得してお帰りになりますか？」

「ああ。頼むよ」

ソードモードになったティアを手にし、俺は【空間移動】を使用する。【空間移動】は、一度行ったことがある場所に移動できるというサポートのようだ。俺の目の前の空間に大きな穴が開き、その穴の向こうにローランドが見えた。

「ア、アルさん……なんでもできるんですね」

唖然《あぜん》としているペトラとボランに声をかけ、俺たちは一緒にローランドへ戻った。ボランと町の入り口で別れてから、二人で酒場へ帰る。すると、酒場の前で話をしている男女がいた。

「どうしたのー、ロイ？」

「う、ううん……なんでもないんだけど……あ、いや、なんでもあるんだけど……そのっ」

店の前にいるのは、ペトラによく似ていて、桃色の髪でおさげを二つ作った可愛らしい女の子と、薄汚れた白い服にブラウンのズボンをはいた金髪の男の子だった。

男の子は、俯いて真っ赤な顔をしている。女の子の方は、それを不思議そうに見ていた。

「ルカ……それにロイ」

ペトラが呟く。

「ああ。あれが妹さん？」

「はい」

「じゃあ、あのロイって子は？」

「ロイは……ルカの友達です。見たら分かると思うんですが、ルカのことが好きみたいで……。でも、恥ずかしくて何も言えなくて、昔からずっとあんな感じです」

「ふーん」

ロイはちらちらルカの顔色を窺い、急に逃げるようにその場を去っていってしまった。

「あんな分かりやすい態度してるのに、ルカってばロイの気持ちに気付いてあげれないんですよ」

「へー。鈍感なんだ」

店に戻ろうとするルカであったが、ペトラの姿に気付き、彼女に手を振る。

「お姉ちゃ～ん、おかえりなさい」

「ただいま、ルカ。ねえ見て見て」

ペトラはお金の入った袋を広げ、ルカに中身を見せてあげていた。

「うわ～。これなら当分なんとかなるね～」

おっとりとした声でルカはそう言った。

ペトラはルカと嬉しそうに会話をしながら、視線を俺の方に向ける。

「ルカ、この人がアルさんだよ」

「ああ～。はじめまして～」

「この子、のんびりした子なんですよ。悪い子じゃないんでよろしくお願いしますね」

「ああ。よろしくね。ルカ」

ルカは終始笑顔で、俺のことを見ていた。全く表情を崩すことなく、それがデフォルトだと言わんばかりにずっと笑顔でいる。そんな彼女の笑顔を見て、俺も自然と笑顔を浮かべていた。

「あ、そうだペトラ。キッチン借りてもいい？」

「え？　はい、どうぞ」

「ありがとう」

俺は一度倉庫に戻り、ティアに人間の姿になってもらった。

「今日はご苦労さん。いっぱいモンスターを狩ってもらったみたいだし、デビルグリズリーとの戦いもティアのおかげで乗り切れたよ」

「いえ。ご主人様の剣として当然のことです」

「そう言ってもらえると嬉しいよ」

俺はこほんと一度咳をし、ティアに訊ねてみる。

「ティアは、食事はできるのか？」

「はい。特別に栄養摂取は必要としませんが、食べることは可能でございます」

「だったらさ、料理、振る舞ってもいいか？」

「料理、でございますか？」

ティアは首を傾げ、怪訝《けげん》そうに美しい顔をこちらに向けていた。料理が何かは知っているのだろうが、労《ねぎら》いのために振る舞われる、というのが感覚的に分かっていないのだろう。

俺はせっかく手に入れた熊肉で、何かできないかと考えた。異世界の知識も探るが、そちらは手に入らない調味料も多く、諦めざるを得ない。どうしたものか。

「どうされましたか？」

「ああ。作ろうとしている料理がね、どうしても異世界の物が必要なんだ。代わりに何が使えるだろうかと考えててさ。原材料があれば錬成できるんだけど……」

「では、異世界の物を購入なさいますか？」

「はっ？」

俺は意味が分からず、ティアの顔をポカンと見た。

「いえ。異世界の物が必要なのでしたら、購入なさってはどうでしょうか？」

「いや、それができたら困ってないんだけど……」

「なら、問題は解決ですね。私の機能で購入できますので」

「……なんでできるの？」

俺の戸惑いをよそに、ティアは特に誇ることもなく淡々と続ける。

「サポートの【異世界ショッピング】を習得していただければ、購入可能となります」

「ああ、『ネット通販』ってやつ？　その異世界版ってとこか」

異世界の知識にあった、『インターネット』という情報網を使う買い物だ。離れた場所から物を購入できる機能らしい。しかし君、剣でしょ？　便利すぎるのにも程があるでしょ？　ありがたい限りではあるけど、なんでもありだな、この子。

とりあえず、商品を見せてもらうことにした。俺の目の前にステータス画面のようにして、様々な商品が表示される。これがネット通販……知識でしか知らないけど、現物がないのに買えるっていうのは新鮮だ。軽い興奮を覚えながら、操作を続ける。

商品は全てゼルで購入できるようだ。異世界の物価がこちらのものに変換されているようで、特に滅茶苦茶に高いわけではない。今の俺なら、十分に購入できる。気になった物はいくつかあったけど、今買いたい物は決まっていた。それを見つけ、『カート』に入れていった。

「あ。お金はどうやって支払えばいいんだい？」

【収納】の方にゼルを入れていただけましたら、そこから支払いができるようになります」

「そうなんだ」

俺は既に所持金全てをティアに預けていた。どうせ手荷物になるし、それにティアに預けておくのが一番安全だろうと考えてだ。その額、およそ１００万ゼル。デビルグリズリーの素材は特に高く買い取ってもらえた。

【収納】にお金があればいいということは、もう購入する準備は整っているということだな。

俺はほんのり緊張しながら、『購入』ボタンを押した。

「…………」

画面には『ご購入ありがとうございました』と表示されている。

「後は商品の到着を待つだけか……ちなみに、どれぐらいで商品って届くんだい？　というか、どうやって届くんだ？」

それが一番謎だ。どうやって商品が届くのだろう？　時空配達員みたいなのがいるとか？

……そんなバカな話はないか。

「はい。既に【収納】の方に到着しております」

「早っ！　一体どんな仕組みになってるんだよ」

「それは……企業秘密でございます」

イタズラっ子のような表情を浮かべ、ティアは笑った。

◇◇◇◇◇◇

ペトラの店で台所を借りて調理を開始する。ショップで購入した、異世界人がキャンプなどで使用するライスクッカー。丸い銀色の物で、五合炊ける代物だ。これにお米を入れて、ご飯を作る。

次にこれまたショップで購入した鍋に水、醤油、砂糖、みりんを入れて、熊肉とたまねぎ、豆腐を投入し、ことこと煮て完成だ。作り方はいたってシンプル。

カウンター席に座るティアの前に、それを出す。

「アルさん、これ、なんですか？」

「これは……遠い国の食べ物で、熊肉の『すき焼き』さ」

「『すき焼き』？」

湯気がもうもうと立ち上る鍋を前にして、ペトラはゴクリと喉を鳴らしていた。

片手でパカッと卵を割り、器に入れて、ご飯と共にティアに出す。

「ささ、遠慮なく食べてくれ、ティア。これは頑張ってくれたご褒美みたいな物だから」

「はぁ……」

ティアは無条件で俺のために働いてくれる。無償で仕事をしてくれるのは嬉しいけれど、それじゃ俺の気が済まない。欲しい物が分からないので、こうやって料理でおもてなしをすることにしたのだ。

ティアはフォークで熊肉を刺して卵にくぐらせる。

「ご主人様、いただきます」

「どうぞどうぞ」

パクリと口に含むティア。あまり口を動かさず上品に噛んでいた。

「う……」

「う？」

「美味《うま》いにゃあああ！」

「……へっ？」

突然叫び出したティアに面食らう。ティアは目を見開き、ハイテンションで喋り始めた。

「甘辛く濃い味がついたお肉を卵にくぐらせることによって、ちょうど食べやすいマイルドなものににゃり、口の中に止めどにゃく幸せが広がっていく！　そしてご飯がまた合うにゃ！」

ティアはハフハフ言いながら豆腐を口にする。

「熱い……っ。だけど肉とはまた違ったうま味がある……これがすき焼き……異世界の食べ物は美《お》味《い》しすぎて恐ろしいにゃ！　まさに魔王級美味《びみ》！」

「………」

ティアが嬉しそうに食事をしているのを俺が唖然と見ているのに気付いて、彼女はハッとする。

「も、申し訳ございませんでした……少々取り乱しました」

「い、いや、美味しそうに食べてくれて嬉しいよ」

「は、はぁ……しかし『美味しい』というのはこういう感覚なのですね……なんとも素晴らしいもので感動いたしました」

その後ティアは、できる限り平常心を保ちながらすき焼きを平らげた。だけど猫耳がピョコピョコ動いてるので、誤魔化しきれてないからね。というかその猫耳動くんだな。言葉遣いもそうだけど、完全に猫化してるよね。

ま、喜んでもらえたし、ティアの意外な一面を知ることができたから、今回のおもてなしは大成功ってところかな。

第三章

「おかしい……何かがおかしいぞ」

シモンはギルドを歩き回りながら職員や冒険者たちの様子を見ていた。何やら以前よりピリピリした空気が流れていて、苛立っている者もいる。

何がどうなっているんだ？　ついこの間までは上手く回っていたじゃないか。

「おい！　早くしろよ！　こっちだって暇じゃないんだ！」

一人の冒険者が謝る職員を怒鳴りつけていた。その冒険者は口は悪いものの、無意味に人を怒鳴りつけるような人間ではなかった。

「お、おい。あいつは最近、高難易度の依頼でも請け負っているのか？　それが上手くいってないってことは……」

「いえ。自分のレベルに見合った仕事をしているはずですよ」

カーラが質問に答えると、シモンは自然な動きで彼女のお尻を触った。

「ひっ」

「そうかそうか。だったらなぜ仕事が上手くいっていないのだ……」

カーラはシモンを睨み付けるが、シモンは何事もなかったように立ち去る。どうせ何か言われたところでギルドマスターである自分に罰など与えられない。ここはシモンの城も同然なのだ。

そう、いつも通りだ。いつも通りのはずなのだ。だが、言いしれない気持ち悪さが胸中を支配する。毎日少しずつ事態が悪い方向に行っているような……。

その日の夜のこと。部屋を訪れたゴルゴに、シモンはアルのことを報告していた。

「なるほど。奴はローランドに移り住んでいたのか」

「はぁ……うちの職員がレイナークで奴と会ったらしく、そう言っていたようです」

ゴルゴは葉巻を靴の裏で揉み消すと、のっそりと立ち上がった。

「なるほどな……まあいい。また何かあったらその都度報告をしろ」

「はっ。かしこまりました」

「グッド！」

ゴルゴが部屋を出たので座って一服しようとすると、一人の女性が扉を壊す勢いで入室してきた。

「おいこら、シモン！」

「エ、エミリア、帰ってきてたのか……どうしたのだ？」

彼女はエミリア。ギルド所属の冒険者だ。

小柄な体格で、美しい金髪を胸元まで伸ばし、赤いカチューシャに赤い服が特徴的だ。強気な瞳に、強気な表情。だがそれ以上に可愛らしい容姿の方が目立つ。

つるんとした胸もあって見た目は完全に子供にしか見えないが、アルと同い年の十八歳である。

腰には美しいレイピアが帯剣されており、それが彼女を冒険者然とさせていた。

彼女は部屋に入ってくるなり、机をバンと強く叩く。椅子に座るシモンの体がビクッと震える。

「アルを辞めさせたってどういうことだよ！」

「い、いや……だってあいつ、いつまで経《た》っても強くならないし、まともに仕事をしているところを見たことないし……」

「お前の目は節穴か！　あいつがどれだけ仕事をしていたと思っているんだ!?」

「み、みんながそう言っていても、マスターである俺から見れば怠慢だったんだ！」

「それで私がいない間に追い出したのか!?」

力強く机を殴るエミリア。机にピシピシッとヒビが入る。

「ひっ……エ、エミリア、もう少し優しい言葉遣いをだな？　ちょっと乱暴すぎる――」

「じゃあ直接あんたに乱暴してやろうか？」

「ちょちょちょちょ、ちょっと待て！　そんなことする必要はないだろ……」

眉間に皺を寄せたまま、腕を組むエミリア。怒気を隠そうともせずに、シモンを睨《ね》め上げる。

シモンは大量の汗を垂れ流しながら言い訳を考えていた。

「あ、あいつがいなくなったところで、何も影響はないだろ？　少々仕事ができたのかもしれないが、代わりはいくらでもいるんだ……な？　分かるよな？　いてもいなくてもいい存在だったんだよ、あいつは」

「……影響、ね」

ふんと鼻を鳴らしてエミリアは続ける。

「じゃあ私はこのギルドを辞める」

「え……えええっ!?　ちょっと待て！　そんな勝手な真似《まね》を――」

「先に勝手な真似をしたのはどっちだ!?　アルがいないんじゃ、私もこの町にいる理由はないしな」

「そ、そんな……あいつがいなくなったというだけで辞めることないだろ……お前がいなくなったら、困るよ……」

「影響。ないんだろ？」

「うっ……」

「どっちなんだよ……男ならハッキリしろ！」

エミリアはレイピアを引き抜き、ヒュンと一振りすると、大きな机が真っ二つに崩れ落ちる。

「ひえええええっ！」

「どっちかって聞いてんだ。お前の悲鳴なんて聞きたくないんだよ」

さらにエミリアはレイピアで周囲の本棚や高そうな壺、ソファなどを切り刻んでいく。

「お願い、やめて！　全部高かったんだ！」

「だったら答えろよ。影響、ないんだろ？」

「あるある！　影響あります！」

答えを聞いたエミリアは、シモンの鼻先にレイピアを突き付ける。

「おおお、落ち着け……な、エミリア？」

「おいおい、なんの騒ぎだ……ってエミリアか」

騒ぎを聞きつけた職員たちが、シモンの部屋へとやって来た。

騒ぎの元凶がエミリアだと分かり、先頭にいたテロンは呆れた表情でシモンに声をかける。

「シモンよ。今回のことはぜーんぶお前が悪い」

「ア、アルをクビにしただけじゃないか！」

「そのアルをクビにしたことが大問題なんだよ。みんな、納得いってないんだぜ」

「うるさいうるさーい！　お前らが納得しようがしまいが、俺が納得してればそれでいいんだよ！」

テロンは大きくため息をつき、呆れたような声でエミリアに言う。

「俺たちはもう知らん。お前の好きにしろ」

「ああ」

「ちょ、お前ら！　俺を助けろ！」

ゾロゾロと階下へと撤退していくテロンたち。シモンはガタガタ震えながらエミリアを見る。

エミリアはレイピアを収め、より一層険しい表情でシモンを睨む。

「エ、エミリア……な、落ち着け……アルをクビにしただけじゃないか？　そんなに怒ることでもないだろ？」

「お前、カーラのケツ触ったり、他の職員に嫌がらせしたりしてたみたいだな？」

「え……えええっ？　なんでエミリアが知ってるの？」

シモンはカーラの若く張りのある肌がお気に入りであった。他の職員への嫌がらせも事実であるが、どうせ一番怖いエミリアは出ずっぱりで、バレないだろうとさえ思っていた。

「全部アル経由で話は聞いてる。だからこれは私とみんなの怒りを込めた一発だ。覚悟しろ……てめえは――」

「ちょ、ちょ――」

「ムカつくんだよ！」

「ぶふぅぅぅぅっ!?」

軽やかに跳び上がったエミリアの拳が、勢いづいてシモンの顔面を貫いた。なまじの男よりも腕力のある彼女の打撃に、シモンの肥え太った体は軽々と吹き飛ぶ。

バリーン！　と派手に窓を割ったシモンは、そのまま地面へ落下した。

「あっ。やりすぎた」

ぐしゃりと嫌な音を立てたシモンだったが、辛《かろ》うじて一命をとり留め、全身複雑骨折となって生還した。


翌日。エミリアは仕事の報酬を受け取らず、「治療費に使え」とシモンに突き返してギルドを去った。「ざまあみろ」とでも言いたげにニヤつく職員や冒険者たちに囲まれ、呆然とエミリアを見送ったシモンは、包帯の下で必死に怒りを堪《こら》えていた。

我慢だ、我慢。辛抱すれば、こいつらはまだ俺のために働いてくれる。エミリアがいなくなっても、強い奴はまだまだいるさ。

そう考える一方で、

(だが、もしかしたらこれはまだ、始まりに過ぎないのでは……？)

とも考えていた。

自身の安泰を夢見るシモンであったが、不安は容赦なく加速していく。

そしてその不安はこれから現実のものとなり、彼をさらなる不幸へと誘《いざな》っていくのであった。

◇◇◇◇◇◇◇

朝目覚めると、ティアが俺に抱きつくようにして眠っていた。大きめの胸が背中に当たっている。というか剣でも眠るんだ、なんて思考するが、飯も食うことができるので寝ることぐらいあるだろうとも思ったり。

「んん……」

彼女の吐息が耳に当たる。これは……悩ましい。

「………」

これ以上ティアが横で眠っていたら変な気分になりそうだ。俺はガバッと起きて、深呼吸する。

するとティアはパチリと目を開いて素早い動きで起き上がった。

「おはようございます。ご主人様」

「お、おはよう」

「昨日は大量のFPを消費しましたので、回復に専念するためにスリープモードに入っておりました。申し訳ございません」

「いや、そんなの気にすることないよ」

ペコリと頭を下げ「ありがとうございます」と感謝の言葉を述べるティア。

俺は大きく伸びをし、今日はどうしようかと考える。するとティアがこほんと一つ咳払いをした。

「ご主人様。昨日の戦いで新たなるスキルが解放されました」

「へー。どんなものだい？」

「スキルは【ナイト】と【マジシャン】の上位のものを。サポートは【遠隔接続】が解放されました。これは、ご主人様が私と離れていても、サポートの恩恵を受けられるものです。近くにいれば、私を握らずとも一部スキルの使用も可能です」

「へー……じゃあ、【身体能力強化】の効果も、ティアが近くにいない時でも得られるってわけだ」

「はい」

なんというありがたい効果だ。そんなの入手しないわけないじゃないか。俺は少しの迷いもなくティアに習得を命じた。ティアの体が光るのと同時に、俺の体に力が溢れてくる。グリズリーと戦った時のような感覚だ。

「おお！　これならティアがいなくても十分戦えそうだな」

「ですが、私が離れている時に私が戦っても、武器としてのブルーティアの性能は上昇しないので、お気を付けください」

「了解了解。じゃあペトラの店に朝食を摂りにいくか」

ちなみに【ナイト】の上位と言えば、光の力を使う【ホーリーナイト】、闇の力を使う【ダークナイト】。他には【パラディン】や【マジックナイト】などの接近戦がメインのジョブがある。【マジシャン】の上位は【ソーサラー】や【サモナー】などの、魔術関連のジョブだ。

これまた拡張されたスキルに俺は高揚した気分で酒場へと向かおうとした。すると、

「あの、ご主人様……」

「ん？　どうした？」

ティアはほんのり頬を染め、口を開く。

「私も一緒によろしいでしょうか？」

◇◇◇◇◇◇◇

ティアは『美味しい』という感覚が大変気に入ったらしく、朝食を一緒に食べていた。昨日のように人が変わったような大騒ぎはしなかったものの、幸せそうにモグモグ口に含んでいる。

「アルさん！　昨日のすき焼き、美味しかったです！」

ペトラは目をキラキラさせ、カウンターから身を乗り出してそう言った。

「あれは……本当に美味でした。あの、ご主人様」

「なんだい？」

「不躾《ぶしつけ》ではありますが……また美味しい物を食べさせていただいてもよろしいでしょうか？」

「ああ。いいよ」

ティアは喜びに目を大きく開き、食事をサッと済ませて立ち上がる。

「では。モンスターの狩りへと行ってまいります」

「ああ。気を付けてな」

「スピレイ洞窟へ素材回収と併せて行きますので、何かあれば、【通信】でお申しつけください」

ティアは揚々《ようよう》とした表情で、店を飛び出していく。

そんなに美味しい物が嬉しかったのか……あんなに喜んでくれるなら作り甲斐があるというものだ。また美味しい物を作ってやろう。

俺も食事を済ませ、店外へと出た。今日はこの町の様子を見て回ろう。ずっと仕事ばかりで、まだ町がどんなものなのか把握できていない。のんびりとした足取りで町を歩いて回る。

ひもじそうな子供たちに、喧嘩をしている酔っ払い。やることもなく、ただ俯いて座っている大人たち。

「…………」

ひどい。分かっちゃいたけど、改めて見て回ってみるとそのひどさが容赦なく目に映る。木造の家が多く立ち並んではいるが、どれもこれもボロボロだ。道も汚いし人々の顔に覇気がない。

そして前に言われた通り、北に行くほどどんどん酷さが増していく。廃屋が多くなり、人けは少なくなってとてもじゃないが足を踏み入れる気にならない。

ペトラの店は町の南側にあり、そっちは比較的マシだったようだ。ペトラが毎朝掃除してるし、何より彼女の店の存在が大きいのであろう。

「おい！」

なんて考えていたら、件《くだん》の悪党集団と思しき男たちが廃屋からゾロゾロと現れた。

「てめえ、誰の許可を得てここを歩いてるんだぁ？」

「許可って……そんなの必要なの？」

「ああ。必要だ」

「……誰の許可が必要なんだよ？」

「そんなの決まってるだろ。俺たちのだよ」

俺を取り囲んだ男たちは、ひひひっと厭《いや》らしい笑みを浮かべる。

「許可が欲しけりゃ——金を出しな」

目の前の男は俺の胸倉を掴んでそう言った。

「あー。今お金持ってないんだよね」

「じゃあ、死ぬか？」

「ははは。死ぬのは嫌だなぁ」

男は拳を振り上げて、俺に殴りかかってくる。俺はその拳を避けずに顔で受け止めた。

「なっ……い、痛くねえの、か？」

「痛くないなぁ。痛いというのは——こういうことを言うんだぞ」

俺は相手の腹に拳を叩き込んだ。【身体能力強化】で俺の筋力は果てしなく上昇している。

本気でやれば一撃で殺してしまうので、死なない程度に、優しく殴った。しかし。

「ぐほぅうううう!!」

男は腹を抱えたまま、背後にあった廃屋《はいおく》へと吹っ飛んだ。

「あれ？」

俺は想像以上の出来事に唖然としてしまう。男たちは吹き飛んだ男の方を見ていたが、ゆっくりとこちらに視線を戻す。

「ば……化け物か……」

「こいつ、ヤベえんじゃねえか……」

「どんなパンチ力してんだよ……」

その場にいた全員が、ゴクリと息を呑み、ジリジリと後ずさった。俺は男たちを見回して問う。

「一応聞いておくけど、お前たちにボスはいるのか？　いるとしたらどいつだい？」

「…………」

俺に恐怖しているのか、それともそのボスに畏怖の念を抱いているのか。

どちらかは分からないが、その場にいる誰もが青い顔をして何も言わない。

「おい！」

「？」

不意に上から聞こえてきた声に、俺は視線を上げる。建物の上に、一人の男がいた。

「俺がこいつらのボスだ。お前は誰だ？　なんの用事でここに来た？」

ボサボサの緑色の髪で左目が隠れたその男は、なんとも勝ち気な表情を浮かべていた。年齢は俺と同じぐらいか、少し下ぐらいに見える。いずれにせよ、大人ばかりのならず者のボスにしては幼い。

「俺はアルベルトだ。ただ散歩してただけなんだけどな」

「散歩で来るような場所かよ。何か目的でもあるんじゃないのか？」

「いや、本当に散歩だよ。この町に何があるか、見て回っていただけさ」

「そっかそっか」

男はピョンと建物から飛び降り、俺の目の前に歩いてくる。

「だけど運が悪いな、お前」

「なんでさ？」

「散歩してただけで——死んじまうなんてさ」

「え？」

男は素早い動きで腰から短剣を抜き、俺の腹部に突き刺そうとした。

「なっ⁉」

が、驚愕したのは男の方だった。

短剣は俺の皮膚を傷つけられずに止まっていた。男の手が震えている。

「う、嘘だろ……」

「さ、刺さってないぞ……」

「どうなってるんだ」

周囲の男たちが騒ぐ。【身体能力強化】で防守が上昇した今の俺には、この程度の攻撃は通じない。

「お前……何者だ？」

「運は悪くない冒険者、かな」

俺は拳を握り、小指側の面――拳槌《けんつい》で男の頭を上から叩いた。

「ほげらっ‼」

ズボッと男の体が腰まで地面に埋まった。そのまま意識を失い、情けなく白目をむいてしまう。

「ボ、ボスまで一撃で……野郎……！」

周りにいた男たちが俺を睨む。

やるつもりか？　と思っていたが――急に全員が、媚《こ》びへつらうようにヘラッと笑い出した。

「お、親分！　今日からあんたが俺たちの大将だ！」

「「よろしくお願いしやす！」」

「……はっ？」

◇◇◇◇◇◇

「いやー、あれっすよアニキ。ここのルールは、一番強い奴が大将なんですよ。だから今日からアニキが俺たちのボスです。あ、俺、ジオっていいます。よろしくお願いします！」

さっきまで地面に埋まっていた男は、俺を半壊した椅子に座らせて肩を揉んでいる。

「肩こりとかないから……というか、俺はボスなんてやるつもりないぞ」

「だけどここのルールではそうなっているんで」

「ここの人間じゃないから、ここのルールを適応しなくていいよ」

「いやいや！　だけど俺、アニキの強さに惚れちゃって……」

話にならない。俺は嘆息し、立ち上がる。

「あのさ。お前らいつまでも、こんなことしてていいと思っているのか？」

「こんなことって？」

「町の人間からすら評判が悪いだろ。迷惑ばかりかけてるみたいじゃないか」

「まぁ、弱肉強食ってやつですね。弱い方が悪いんです」

「あのな。そんなことばかりしてちゃ――」

「おーい！」

遠くから一人の男が走ってこちらにやって来ていた。

「あ、あんたがアルだよな？　って、こいつら――」

男はジオたちの姿を見て真っ青な顔になる。ジオたちも男を取り囲んで、睨みを利かせてナイフなんかをちらつかせていた。

なんちゅーガラの悪い奴らだ……ペトラに怒られて退散する南の奴らよりずっとたちが悪い。

「こいつ、ぶっ殺しましょうか？」

「なんでそんなことするんだよ。そんな必要ないよ。で、あんたは誰？」

「俺はペトラに頼まれてあんたを捜しに来たんだよ……くそっ、北の方には来たくなかったってのに……とにかく、ペトラがお前を捜していた！　ちゃんと伝えたからな！」

男はビクビクしながら走り去っていく。

「……では、後つけてヤキ入れときます」

「だからそんなことするな」

◇◇◇◇◇◇

ペトラの店に戻ると、そこには兵士の恰好《かっこう》をした男がカウンター前で立っていた。

「おお！　あの時の！」

その人はレイナークから来たようで、俺の顔を知っているようだった。

「どうしたの？」

「あ、アルさん……って、後ろの人！」

ペトラは付いてきたジオの顔を見てギョッとする。そのペトラを睨むジオ。

「おい。この子は俺の恩人なんだぞ。ペトラに何かあったら……何するか分からないぞ、俺は」

「あ、あはは……了解でっす」

ジオは青い顔で引きつった笑みを向ける。

こいつは誰かれ構わず挑発してるのか……ちょっと今度言い聞かせないとダメだな。

「ど、どうしてアルさんがその人といるんですか……？」

「話せば長くなるんだけど……」

「俺がアニキの子分になったってことだ」

「は、はあ……あ、それよりアルさん。この方が仕事を頼みたいって言ってるんですが？」

「仕事？　どういう仕事？」

「ああ。レイナークの北東にある、ホライザ迷宮は知ってるか？」

ホライザ迷宮。駆け出しの冒険者や兵士の、いい訓練場所としてよく利用されている低難易度の迷宮。レイナークでは特に利用する者が多く、重宝されているらしい。

「それで、そのホライザ迷宮で何かあったの？」

「ああ……実はあそこに危険度Bクラスのモンスターが現れて、王都に今いる連中だけじゃどうしようもなくてな……いつ王都にも危険が及ぶかもしれない。だから……」

「だから、それを俺に倒してほしい、と」

「ああ。そういうことだ」

「報酬は貰えるんだよね？」

「その点は期待しておいてくれ。十分に用意していると言っていたよ」

「そう」

お金にもなるんだし、特に断る理由もないしな。よし、ここは快く引き受けよう。

今回のことで国王と繋がりができるかもしれないし……メリットは多いはずだ。

「分かった。引き受けさせてもらうよ」

「そうか、ありがとう！　恩に着るよ！　じゃあすまないが、直接ホライザ迷宮に向かってくれ」

「了解」

兵士は本当に嬉しそうに、そしてホッとした表情を浮かべる。

とりあえずレイナークに向かおう。まずはティアを呼び戻さないと。俺は【通信】を使ってティアに連絡を取ることにした。目を閉じ、ティアと話をするイメージを頭の中で練る。

（ティア。聞こえてるか、ティア）

（にゃははははっ！　新しいモードも習得したし、これでご主人様にまた美味しい物を作ってもらえるにゃ！　もっともっと頑張らにゃいとっ！）

（……ティア？）

（…………）

少しの間が開き、

（ご主人様、どうかいたしましたか？）

何もなかったかのように、しれっといつもの態度に戻るティア。別にいいけどさ。

（新しい仕事が入ったんだ。呼び戻してもいいか？）

（かしこまりました）

【呼出】でティアを呼び戻す。キラキラ輝く空間からティアが現れた。

「ただいま戻りました」

深々と頭を下げるティア。

店内にいたジオ、兵士、酔っ払いたちは目を点にしてティアの姿に釘付けになっていた。

「ど、どうなってるんすか、アニキ」

「深く考えない方がいいよ。ティア、王都に行って、そこからホライザ迷宮に向かいBクラスモンスターを退治しに行こうと思う」

「かしこまりました。ご主人様の仰せのままに」

特に用意するような物もなかったので、俺はティアと共に店から出ようとした。

するとその時、大勢の子供を連れた女性が店内へと入ってきた。銀色の長い髪に美しい銀色の瞳。服は……あまり綺麗な物を着ていないが、それが問題にならないほど綺麗な見た目をしている女性だ。

可愛いよりも美人に分類される、という感じだった。

「あの、ペトラ」

「あ、キャメロンさん。どうかしましたか？」

「あのね……何か食べる物はないかしら？」

「食べる物……うちもあんまり余裕がなくてですね……」

キャメロンと呼ばれた女性は、申し訳なさそうにペトラと話をしている。周りにいる子供たちは「ママ、お腹《なか》すいたよぉ」などひもじそうな声で俯いていたり泣いたりしていた。見かねた俺は、お節介と思いながらも声をかける。

「熊肉でよければいっぱいあるよ」

「え……」

「この子たちにご飯を食べさせてあげたいんだろ？　ペトラ。これを焼いてあげてくれ」

「あ、はい」

俺が出した熊肉を受け取ったペトラは、カウンターから俺の目の前までやって来て、店にいる酔っ払いたちに声をかけた。

「あの、子供たちにご飯を食べさせてあげたいので、今日は帰ってください」

「がはは！　何言ってんだよ、ペトラ。まだ昼前じゃねえか」

「そうだそうだ」

当然、突然帰れと言われた酔っぱらいたちからは抗議の嵐だ。いくら脅しつけても聞く耳を持ちそうにない。北の奴らほどじゃないけど、こっちもたちが悪いな。

「い、いや、テーブルを使用したいので、帰ってもらわないと、邪魔というかなんというか……」

「なんだ？　俺たちは客だぞ？　客よりこんなガキたちの方が大事だってのかよ？」

「そうだぞ、ペトラ！　俺たちは客！　お客さんは大事にしねえとダメなんだぞ」

一人の男が放った言葉に、不意にペトラが黙った。肩を震わせて俯く。助け舟を出そうとした、その時であった。

「こ……」

「ああ？」

「この酔っ払いどもが！　金も払わんと何が客じゃ!!　偉そうなこと言う前に、金払えや!!」

「ひっ……!?」

ペトラが、鬼の形相で男たちを睨み、怒声を張り上げた。そのあまりの迫力に、その場にいた人たちは全員震え上がる。

「いね《帰れ》！」

ペトラの叫びに慌てて立ち上がり、ぞろぞろと店を出ていく酔っ払いたち。彼らは口々に「こえー……」「怒ると祖父《じい》さんそっくりだよなペトラは……」とぼやいていた。

その様を唖然として見ていると、腕を組んで彼らの背中を睨んでいたペトラが、俺が引いているのに気付いて焦り出した。

「あ、いや、違うんです！　お祖父ちゃんに怒る時はしっかり怒らないと酔っ払いは話を聞かないって……」

「あ、そうなんだ……いやー、すごい迫力だったね」

「ははは……」

恥ずかしいのか、ペトラは俯いて顔を赤くしている。そして、逃げるように調理場へ行き熊肉の調理を始めた。キャメロンが俺に向かって何度も頭を下げてくる。

「あの、ありがとうございます……なんとお礼を言っていいのか」

「別に気にしなくていいよ。こんなものでよければ、またご馳走するよ」

俺は酒場を出て、兵士と一緒に町の外へ向かった。そこで【空間移動】を使い、レイナークへの穴を繋げる。

「な、なんだいこれは……」

「【空間移動】っていって、離れた場所と空間を繋ぐ術さ」

兵士はポカンとしながらも、俺に急《せ》かされ慌てて穴を潜る。一瞬で王都の前に着いたことに、ただただ驚愕しているようだった。

「本当にすごいな……君は」

兵士はそう言うと、業務があるとのことなのでここで別れることになった。

俺とティアはホライザ迷宮へ向かうことにしたのだが、ここから迷宮まではそこそこの距離がある。歩くのも面倒だなあと考えていた時、ふと、先ほどブルーティアが新しいモードを習得したことを思い出した。ステータスを見ると、【バイクモード】の文字。『バイク』は確か、異世界の乗り物の一つだったな。

「ティア。バイクモードを頼む」

「かしこまりました」

返答した直後、ティアの全身が光り出し、その姿を蒼いバイクへと変化させた。巨大な、光沢ある金属のボディに、大きな車輪が付いている。異世界だと『ガソリン』という液体で動かすらしいが、何も補給しなくても、アクセルを捻《ひね》るとフォーンという甲高い音で応えてくれた。

そのまま草原を走り出す。覚束《おぼつか》ない運転ではあるが、段々とスピードに乗っていくブルーティア。この世界でバイクが運転できるなんて、信じられるかい？　知識だけ得ても決して手に入らないと諦めていた物が、ブルーティアのスキルを使えばこうして手に入る喜びに、俺は打ち震えていた。

「ティア。【操縦技術】を最大で習得してくれ」

【操縦技術】は、あらゆる乗り物の扱いを向上させるスキルだ。この世界の馬や馬車などはもちろん、異世界の乗り物である『バイク』にも適用されるらしい。普段は馬なんて乗らないけど、こうしてバイクモードを習得したことだし、あって損はない。

【操縦技術】を習得したことによりバイクの運転が滑らかになる。俺はワクワクしながら、アクセルを全開に回して風のように颯爽《さっそう》と草原を走り抜けていく。

するとティアが、前面に付いた二つの目のようなライトを点滅させて言った。

『ちなみにでございますがご主人様。バイクモードは攻撃力が0でございます。その分、防御力にパワーを全て振っているので急な攻撃にもビクともしないとは思いますが』

「オッケオッケ。だけどモンスターが出てきたところで、今の俺たちに追いつけるはずもないだろうさ」

『確かに、そうでございますね』

◇◇◇◇◇◇

歩きなら結構な時間を要したはずだが、乗り物のおかげで短時間でホライザ迷宮に到着した。

人間の姿に戻ったティアと共に、迷宮へと足を踏み入れる。中は天然の洞窟となっており、道がいきなり二つに分かれていた。ゴツゴツとした壁にいくつものタイマツが備えられていて、奥の方まで見渡すことができる。

迷宮内の通路はあまり広くなく、四人ほどが横並びになれるぐらいの広さだった。

「あ、もしかして君がアルベルトくんかい？」

中にいた三人の兵士が俺を見つけ、こちらへ駆けてくる。

「ああ。で、件のモンスターってのはどこにいるんだい？」

「一番奥の、祭壇がある場所だ」

迷宮の奥には祭壇があり、そこに兵士たちが訓練を終えた証として持ち帰る銀貨などを置いているらしい。どうやら本当に、訓練場として使われているようだな。

「じゃあさっさと奥に向かおう」

ここに出現するモンスターは、犬と人間を同化させたような、白いコボルト。そして骨のみで歩き回るアンデット系代表とも言えるスケルトン。どちらもスライムやゴブリンと同じく、Ｅクラスに分類されるモンスターだ。駆け出し兵士の訓練には丁度いい相手だろう。

ティアを先頭に俺たちは道を進み出した。奥にＢクラスモンスターが出現していて場の乱れがひどいのであろう、敵の数が半端じゃない。

モンスターは止めどなく出現し、俺たちに襲いかかる。が、ティアが刀を振るい、俺に到着する前にモンスターどもを薙ぎ払っていく。

思わず息が漏れそうな美しい一閃。チンッと納刀する音が、迷宮内にこだまする。

「ティアもだいぶ強くなったんじゃないか？　今どれぐらいのステータスなんだ？」

「どうぞ、ご覧くださいませ」

ティアは歩きながら、俺の目の前にステータス画面を表示する。

神剣ブルーティア・ヒューマンモード
レベル：10　HP：5　FP：2500　筋力：27　魔力：15　防守：19　敏捷：30　運：25
スキル：刀2　明鏡止水1
サポート：収納　自動回収　通信　呼び出し　空間移動　遠隔接続

ティアが単独で戦い始めて二日しか経っていないというのに、もう既にレベルが10に到達していた。いや、これはさすがに早すぎだろ……。

【刀】と【明鏡止水】は、異世界の知識を得たことによって習得可能となった【剣豪】のスキル。これらも早速習得しているところを見ると、よく働いてくれているのがよく分かる。ありがたい。

FPも2500に到達しているということは、ブルーティアの性能もデビルグリズリーと戦った時と比べると倍ほどになっている。メキメキ強くなっていくなぁ、ティアもブルーティアも。

「あ、【空間移動】も一人で使用できるんだ」

俺はステータス画面を閉じ、ティアに話しかける。

「はい。スピレイ洞窟にも瞬時に移動できましたので、そちらでも戦っておりました」

「なるほどなぁ」

勝手に戦場まで飛んでくれて、勝手にレベルアップしてくれる。最高だよ。最高すぎるよティア。

頑張っているご褒美代わりでもないけれど、敵を蹴散らしてくれていたティアの頭を撫でてやる。

彼女は気持ちよさそうに耳と尻尾を動かしていたが、不意に冷静な声を出す。

「あの、戦いに集中できませんので、後にしていただけるとありがたいのですが……」

「あ、だよね」

後ではしてほしいんだ。ま、喜んでくれるなら、頭を撫でるぐらいいくらでもやってあげるけど。

「しかし、君の仲間も結構強いものだな」

「いや、なかなかのものだよ。うちの新人でもあれだけ戦えるのはいないよ」

「まぁ、うちの期待の新人ですから」

俺はティアが褒められたことを自分のことのように喜び、胸を張ってそう言っておいた。身内が褒められるのって、案外嬉しいものだな。

その後、道中はティアがずっと戦ってくれ、俺たちは楽々奥へと進んでいた。

スケルトンやコボルトを刀で斬り伏せながら小一時間ほど歩き続けると、ようやく最奥の祭壇と思しき場所に到着した。ここまでの通路とは違い、何百人と入れそうな広々とした四角い空間だ。

天井も高く、地面は平らなので、大勢の訓練場としても申し分ないだろう。奥には膝をつく女性の像があり、その手前に祭壇があり、さらにその前には巨大なモンスターが鎮座していた。

「……こいつか」

「そのようでございますね」

見上げるような巨体に三つの頭。尻尾の先まで血のように赤く、太く長い胴体で地を這うモンスターの名は、レッドヒドラ。猛毒と、相手を麻痺させる焼け付くような息を武器にする、Bクラスモンスターだ。

「た、頼んでおいてなんだが……こんなのに勝てるのか?」

兵士の一人が、声を震わせながら俺に言う。

「Bクラスモンスターとか、普通の冒険者なら一人で戦うような真似はしないんだけどな。一人で戦うのは、本当の実力者か自分の実力を過信しているかのどちらかだろう」

「ご主人様はどちらなのですか?」

「俺は……どっちでもないよ。だってこいつと戦うのは俺たちなんだから」

「確かに。二対一でございますね」

ティアは眼鏡をくいっと指で上げ、敵を見据えながら笑みを浮かべた。

「ティア。お前一人でもなんとかなると思うか?」

俺は一応、ティアに尋ねてみる。

「勝てる見込みは0・1%にも満たないかと思います。というか、不可能でございます」

「ま、そうだよな。よし。ソードモードで行くぞ」

「かしこまりした」

ティアが神剣の姿に変化し、俺の手に収まる。

「おおっ!　女が剣に変わった!?」

「危ないから下がってた方がいいんじゃない?」

「あ、ああ。そうだな……よろしく頼む」

兵士たちは入り口から少し離れた場所へ後退する。レッドヒドラの頭が一斉にジロッとこちらを睨んだ。チロチロ舌を出しながら、ゆっくりとした動きで俺に近づいてくる。

『ご主人様。足元にお気を付けください』

「足元……そうか。毒を放出しながら移動するんだったな」

レッドヒドラがいた場所には、毒々しい水たまりのような物ができていた。

そして奴が通った跡は黒く染まっていく。

「あれに触れないように、なおかつ息に気を付けて……」

すると左側の口が開き、赤い霧状の物を吐き出した。

「って、いきなりかよ」

距離はそこそこあるのに……いきなりすぎやしないか。俺はそれを相手の右側に避け、距離を詰めていく。が、一番右の頭がこちらに伸びて、俺に襲いかかろうとしてきた。

「頭が三つもあるとか、面倒だな……」

『同時に三体相手にするようなものですものね』

「こっちもティアが戦えたら、二対三なのに」

『サポートなら可能でございますよ？』

「え？」

話しているうちにレッドヒドラが牙を俺に突き立てようと迫ってきた。だがそれは、俺を守るようにして発生する障壁に阻まれる。ガリガリと障壁を噛もうとするが、突破はできない。

「サポートって……どうやって戦うんだよ？」

『物理的には不可能ですが、術での援護なら可能でございます』

「なるほど……じゃあ、攻撃力と魔攻力を35。防御を30で頼む」

『かしこまりました』

「そして援護もガンガン頼む！」

真ん中の頭が口を開け、炎が収束していく。

『【ファイヤーボール】』

が、炎を吐き出す前にブルーティアから放たれた炎の玉が飛び込み、口内で相殺《そうさい》される。

「さすがティア。お前のおかげでいつも楽に戦える！ ありがとうな」

相手の牙を弾き、くるりと縦回転しながら顔を切り裂く。

レッドヒドラの鼻先から顎にかけてパカッと切れ目が入った。

『ならばまた褒美に、美味しい物をよろしくお願いいたします』

「オッケー。こいつに勝って、帰ったら作ってあげるよ」

「グガアアア！」

レッドヒドラはギュルンと横回転して、尻尾の一撃を仕掛けてくる。それをブルーティアで防ぐが、思ってた以上の威力に、俺の体が吹っ飛んでしまう。

『【ファイヤーランス】』

飛ばされている最中にブルーティアが炎の槍を出現させ、レッドヒドラへ向けて放った。追撃は防げたものの、効果は薄いらしく、敵は平然としていた。

「やっぱり火は効きにくいか……あっ」

不気味な感触に下を見ると――毒に足を突っ込んでしまっていた。

「げっ……しまったなぁ」

靴から毒がしみ込んでくる。ピリピリと皮膚が反応しだしている。

「ティア、何かいい解決法はないか？」

『では、【状態異常耐性】の習得をしてはいかがでしょうか？』

そんな便利なスキル、もちろん取るに決まっている。レベル最大で習得すると、毒による痛みは綺麗に消えた。

「おい！　危ないぞ！」

「ん？」

兵士の声にレッドヒドラの方に視線を向けると、左と真ん中の口が大きく開いていた。そして吐き出される赤い息。広範囲に霧は広がっていく。喰らえば体を麻痺させられてしまう、焼け付く息による攻撃だ。

だが――。

「ははは。ちょっとばかり蒸し暑いぐらいだなっ」

『【状態異常耐性】は最大レベルへの到達により、【状態異常無効】に進化しましたので、もうご主人様にはこんなもの通用いたしません』

無効とはこれまたありがたい。やはりチートと呼ぶべき能力だろう。

「き、君、大丈夫なのか？」

「ああ。平気だよ」

兵士たちは赤い息を喰らって平然としている俺に対し唖然としていた。まぁ、ビックリするよな。

「よし。そろそろこいつを倒すぞ、ティア。レッドヒドラの弱点、水で行く。【水術《すいじゅつ》】の最大習得とフォローを頼む！」

『かしこまりました』

ブルーティアが淡い光を放つと同時に、俺は大地を蹴り、宙を舞った。

「俺は真ん中の頭を潰す。ティアは左側を潰してくれ」

『了解でございます。【ウォーターショット】』

ブルーティアから、鋭い水球が発射される。その一撃は、レッドヒドラの頭部をパンッと破裂させてしまう。

「【アクセルブレイド】！」

稲妻のような速度で、俺はレッドヒドラの頭を切り裂いた。頭どころか、胴体まで綺麗に真っ二つにしてしまう。ズシーンと大きな音を立てて崩れ落ちるレッドヒドラ。死体は光となり、ブルーティアに収納される。

「つ……強すぎるだろ、あんた！」

「あああ、あんなあっさりレッドヒドラを……」

「噂以上だ……こんなのメチャクチャだ！」

あまりの出来事に驚愕し、兵士たちはガタガタ震えていた。Bクラス相手だったが、今回も楽な仕事だったな。

◇◇◇◇◇◇◇

レッドヒドラを退治したことにより、迷宮内のモンスターの出現頻度が正常に戻ったようで、帰りはほどほどの数の敵しか現れなかった。

【空間移動】ですぐ迷宮を出てもよかったのだが、ティアが少しでも敵を倒したいと言ったのでゆっくり足を使って迷宮を脱出していた。

「敵を倒せば倒すだけ、ご主人様は強くなりますし、それにご褒美も期待できますから」

「ははは。褒美が目的だな……別に帰りまで頑張らなくても、ちゃんと食事は用意するつもりだったんだけどな」

「今日はまだ戦えますので……できる限りのことをやった方が今後のためにもなるかと」

そう言ってティアは、猫耳をピョコピョコ動かしていた。分かりやすいなぁ、ティアは。そんなに美味しい食事が食べたいのかよ。いいだろういいだろう。ならば腕を振るってやろうじゃないか。

迷宮を出る頃には、外は太陽が沈みかけていた。綺麗な夕陽が俺たちを照らしている。

「ありがとう。アルベルトくん」

「いやいや。大したことじゃないよ」

兵士たちは何度も頭を下げて、レイナークへと帰っていった。

「じゃあ俺たちも戻るとするか」

「そうでございますね」

一仕事を終え、上機嫌で【空間移動】を開き、ローランドと空間を繋ぐ。

「……え？」

俺もティアも、目を見開いて固まってしまった。

繋いだ空間の先ではローランドが――炎上していた。

「どうなってるんだ……」

俺は唖然としながら穴をくぐる。ローランドにある建物という建物全てが燃えているようだった。

夕焼けよりも赤く、非情に燃え上がっている。

「アルさん！」

火から逃げるペトラが、涙を流しながら俺の胸に飛び込んできた。

「一体どうしたんだ？　何があったんだ？」

「よく分からないんです……気が付いたら店に火が点いていて……」

町じゅうの人々が避難してきたのか、町の外には呆然と火を見つめる人だかりがあった。

「俺たちの町が……」

「……嘘だよな……夢、だよな」

涙を流しながら見ている者もいる。怒りを浮かべ歯を食いしばっている者もいる。

「アニキ！」

「ジオ……お前はこの火事について何か知っているか？」

ジオは俺に駆け寄り、大きな声で言う。

「俺、見たんですけど……黒ずくめの男たちが火を点けて回ってました」

「黒ずくめの男？」

「はい」

「……人はどれぐらい死んだんだ？」

「分かりませんけど……何人かは殺されているのを見ました」

ジオは悔しそうに地面を蹴る。

「なんで……なんでこんなことになっちゃったんですか？」

ペトラは嗚咽しながら俺に訊く。

「……分からない。俺にも何が起こっているのか分からないよ」

俺たちはただ、燃え盛る町をいつまでもいつまでも見続けていた。

何もすることもできず、町の人たちは無力感に沈んでいく。

◇◇◇◇◇◇

翌朝。町を燃やし尽くし、炎は鎮火したが、焦げた臭いがまだ周囲に漂っていた。老人や子供たちは眠っていたようだが、彼らの護衛や救助のために夜を徹して起きていた者たちは疲れた表情をしている。みんな、絶望や諦観からか暗く俯いていた。

「……これから、どうする？」

「どうするたって……」

ずしーんと重苦しい空気が流れている。そんな中、一人のゴロツキが声を上げた。

「……でもよ、どうせ遅かれ早かれ、この町はこうなる運命だったろうさ」

「……どういうことだよ」

「まともに仕事もしねえし、堕落してただけじゃねえか、俺たち。町が燃えなかったとしても、いずれこの町は終わる運命だったんだよ」

「……そう、か」

誰も反論しない。自分たちのこれまでの生活を顧みて、妙に納得している様子だった。

ペトラはルカを膝枕で寝かしたまま、俺の方に視線を向ける。

「アルさん……一緒に仕事しようって言ってくれてましたけど、もう無理ですね」

「なんで?」

「なんでって……」

この様子を見たら分かるだろう、と言いたげな顔をしている。

「こんな時になんだけど、町がなくなっても仕事はできるよ」

「で、できませんよ!」

「できるよ。本気なら、どんな環境だってなんだってできる」

「なんだってできるって……じゃあアルさんは、ローランドを元通りにすることができるって言うんですか!?」

ペトラは納得いかないらしく、珍しく声を荒らげてそう言った。

「元通りは……無理、かな」

「やっぱり無理じゃないですか」

「元通りは、な。でも、前以上の町を作ることは可能だよ」

「……え？」

周囲の人たちはざわついて俺の方を見る。

「言っちゃなんだけど、元々底辺ギリギリの町だったんだ。あんな状態の町をもう一度作れって方が難しいぐらいだ。適当にやったとしても、あれよりましな町は出来上がる」

「……適当じゃなかったら……どんな町ができるって言うんですか？」

「どんな町だって作れるさ！　みんなが願う限り、どこまでも発展させることができる。みんなが立ち上がるのなら、きっとなんでもできるさ」

一人の男が俺に近づいてきて言う。

「その話、本当かよ？」

「本当さ。俺が約束する。みんなが本気になるなら……最高で最強の町を作ってみせる」

町の人たちは、まだ信じられないといった顔で俺に視線を向けていた。

だが、微《かす》かな希望が瞳に宿りつつあったのを、俺は見逃さない。

「本当にみんなが心から望むのなら――俺が町を再建させてみせよう」

俺の言葉に、場がシンとなる。本当にそんなことが可能なのかという猜疑心《さいぎしん》。だがそこで、ジオが明るい声を上げた。

「アニキ。俺たちはアニキの子分だし、どこまでも付いていくつもりっすよ。なあ、お前ら！」

「「おおっ！」」

彼らは若く、力も有り余っている。再建を手伝ってくれるなら心強い戦力になるだろう。

「あの……」

次いで俺に声をかけてきたのは、キャメロンだった。その隣には、なぜかボランもいる。

「あなたに任せれば、この子たちが平和に暮らせる町を作ってくれるんですか？」

「いや、違うよ」

「？」

「俺に任せるんじゃない。みんなが立ち上がるんだ。さすがに他人任せだけでできるほど甘いものじゃない。再建にはどうしたってみんなの力も必要になるからね」

「……私もできる限りのことをします。だからこの子たちの未来を創ってくれますか？」

「それなら、俺も最善を尽くすと約束するよ」

ニッコリと笑みを向けると、パッと明るくなるキャメロン。隣にいたボランが大声で俺に言う。

「おい！　ぜってーだぞ！　おおお、俺も力を貸してやっから、ぜってー最高の町にしろよな！」

「分かってる。約束だ」

「よし！　おいクソガキども！　これまでの最低な毎日を終わらせてやっから、覚悟しろ！」

「うん！　ありがとうボラン！」

「ボラン……ありがとう」

子供たちと、キャメロンにそう言われ、ボランは顔をボッと真っ赤にする。

「おおお、おう！　別にお前のためじゃねえし、気にすんじゃねえ！」

「……なるほど」

「何がなるほどなんだ！　ああっ⁉」

俺の呟きに反応を示すボラン。あれだな、こいつ、キャメロンに惚れてるんだな。

「でもこんなに子供いて、人妻じゃないの？　キャメロンって」

俺はボランの耳元でそう囁く。

「バッ！　キャメロンは人妻なんかじゃねえよ！　孤児のこいつらの世話してるだけだ！　ってかなんでそんな話を俺にすんだよ⁉」

分かりやすいぐらい照れてるな。もうバレバレだからね。

「あの……アルさん。私も一緒にお仕事したいです。本当にローランドが生まれ変われるなら、私も努力します」

ペトラがそう告げると、何人かも、同調するように首を縦に振った。

「ああ。ペトラにもみんなにも、やってもらいたいことはいくらでもある。だから……やる気のある人だけここに残ってくれ。もし再建なんて不可能だと考えている人は、ここから立ち去ってほしい。いてもみんなの足を引っ張るだけになるし、そんな気持ちじゃどうせ居づらくなると思うよ」

「…………」

他の大勢の人たちは俯き、思案していた。実際残ったところで、気持ちに差があれば離れ離れになってしまう。再建しようと尽力する人と、その日を怠惰に生きている人。

いつか衝突するのは目に見えている。

それにここから離れてた方が、とりあえずはましな生活もできるだろうから、出ていっても問題ないだろう。俺は一度深呼吸して、ジオたちに向き直った。

「よし、早速今日から始めていこう。ジオたち男手は、瓦礫《がれき》の撤去を頼む」

「了解っす！　行くぞ、野郎ども！」

　ジオの言葉に男たちが応え、焼け跡へと向かっていく。

「ペトラは女の人たちと食事の用意をしてやってくれ。今は熊肉くらいしかないけど、何もないよりはましだろ」

「分かりました。腕によりをかけます！」

「子供たちは大人の手伝いをしてくれ。頑張ったらお腹いっぱいご飯食べさせてやるからなっ」

「「うん！」」

　子供たちは俺がニカッと笑みを向けながらそう言うと、笑みを返してくれた。まずはできることを一つずつこなしていこう。

「ご主人様、私は何をすればよろしいでしょうか？」

「ティアにはみんなより働いてもらうことになる。すまないけど力を貸してくれ」

「私はご主人様のために存在しているのでございます。なんなりと遠慮なくお申しつけください」

　ペコリと頭を下げてティアが言う。そう言ってくれるのが本気で嬉しくて、ジーンとなる。

「ティアには建物を建てるための素材を回収してきてほしい。それと北の山へ向かってワイルドボアを狩ってきてくれ。あれならデビルグリズリーみたいに食料になるだろうから」

「かしこまりました」

　俺はティアにそう伝えると、顎に手を当て思案する。

「しかし、一番の問題は有能な人材不足だな。どこかでスカウトするにしてもアテがないし……知り合いはギルド職員がほとんどだしな……」

　ぼやいていると、ティアがこんな提案をしてきた。

「ご主人様。もし私レベルの神剣が他に手に入るとしたら……いかがでしょう？」

「ティアレベルの？　そりゃありがたいどころの騒ぎじゃないな」

「では【眷属《けんぞく》】を習得することをお勧めします」

【眷属】？」

「はい。性能が上昇したことにより新しく解放されたサポートでございます。それを習得すれば、私ほどの拡張性はありませんが、新たなる【神剣】を生み出すことができます」

なんとありがたい。ティアだけでも大助かりなのに、他にも神剣が手に入るなんて嬉しすぎる。

「じゃあ【眷属】の習得を頼む」

「かしこまりました」

ティアがそう言うと身体が光り出し――その手の中に、真っ黒な剣と真っ白な剣が顕現《けんげん》する。

片刃の長剣で、柄から刃まで一色のそれは、同色の宝石が柄頭のところに付いている。二本は色以外まったく同じデザインをしている双子剣だった。

「こちら、【神剣ブラックローズ】と【神剣ホワイトカトレア】でございます」

「ブラックローズにホワイトカトレア……」

俺は二本の剣を掲げた。

「その子たちはまだ生まれたばかりで、少々手間ではありますが、成長させれば私と同じくヒューマンモードにもなれます」

そのくらい手間でもなんでもない。将来への投資だと思えば、苦労するのはむしろ楽しかった。

「しかし、ご主人様、普段より楽しそう見えるのは気のせいでしょうか？　やる気も漲っておられますし」

「ははは。ま、気のせいじゃないよ。なんだか新しい商店を始めたような感覚で、今すっごくウキウキしているよ」

ゴルゴに親の商店を奪われ、当然継ぐものだと思っていた未来はフイになった。だから今、別の形で俺の元にチャンスが転がり込んできたのだと思う。俺は両手をグッと握り締め、笑顔でティアに言う。

「その上、みんなのためになるのだから、言うことないだろ？　まさに利害が一致しているというものだ」

「なるほど……では私はご主人様の喜びのために、全力で務めを果たします」

「じゃあ、また美味しい物を用意しないとな」

ティアは嬉しそうに、目を細めて俺を見る。

こうして俺たちは希望を胸に、町の復興へと一歩ずつ歩み出したのであった。

第四章

新たな【神剣】であるブラックローズとホワイトカトレア。二本のヒューマンモードの解放は、手に入れたその日のうちに終わった。俺自身が強くなっているため、効率的に能力を上昇させられたのだ。早速、ローランドの近くで変化してもらう。

「アルベルト様！　この度は【自我】を与えていただいたこと、大変感謝しております！」

ブラックローズは黒い狐の耳と大きな尻尾のある、吊り目の黒髪美女に変化した。緑をベースに赤いラインが入った上着と太腿《ふともも》辺りが膨らんだズボン、硬そうなブーツは異世界の軍服という感じだ。堅苦しい言葉遣いも両腕を後ろに回すきっちりした姿勢も、外見に合っている。

「はじめましてアル様っ！　人間の姿になれて、私嬉しいっ☆」

ホワイトカトレアはブラックローズと対称的に、白い狐耳と尻尾で、波打つ白い髪を揺らしていた。双子剣だからか、ヒューマンモードもどこか似た雰囲気の顔立ちだが、こちらは美人と言うより可愛らしい。

服装は異世界の『アイドル』という職業の衣装に似ている物だ。白い服とネクタイの上に、黒と赤のチェックの上着とスカートを着ている。ニーハイソックスに包まれたおみ足がなんとも魅力的だ。ホワイトカトレアは自身の目の辺りで横向きのピースをした後、そのままなぜか、俺の腕に手を回してきた。柔らかい物が、俺の腕に触れる。俺はやや引き気味に、二人に挨拶する。

「よろしく頼むよ二人とも。名前は……ローズとカトレアでいいかな？」

「はっ！　構いません！」

「はーいっ☆　ねえねえアル様。私たちを人間の姿にしたってことは、やることがあるってことですよね？　私、アル様の言うことなーんでも聞くから、気軽に言ってくださいねっ」

と、カトレアがウィンクしてくる。そんな彼女を、ローズは低い声で咎める。

「おいカトレア。アルベルト様から離れろ。アルベルト様がお困りだろう」

「ええ～。アル様、困ってるんですかぁ？」

「いや、困ってはないけれど……とりあえず、明日からやってほしいことがある」

カトレアは花が咲くような笑顔を俺に向け、なんでもどうぞといったような様子だ。

「まずは自分たちで戦って、レベルを上げてきてほしい」

「はっ！　しかし恐縮ではありますが、私めらにはまだ戦う術がありません」

強そうな外見はしているが、そこはティアと同じなんだな。まぁ、ヒューマンモードのレベルは1からだし、仕方ないか。俺はいったんティアを呼び出し、錬金術で武器を錬成することにした。

目の前に現れたティアは、二人の姿を見て微笑んだ。

「もう人間の状態になったのですね」

「よろしくお願いいたします。お姉様」

「よろしくねっ、お姉ちゃん」

初めて会話をする三人。二人の感覚的にティアは姉になるのか……彼女から生まれたんだし、どちらかと言えば、お母さんに当たるのかと思っていたけど。ま、どちらでもいいんだけどね。

「じゃあ早速武器を作ろうか。そうだな……ローズは鞭、カトレアは弓なんかでどうだろうか？」

ローズもカトレアも異論はないようで、首肯する。

「ティア。素材を頼む」

「かしこまりました」

俺はまず、集めた木材を使ってカトレアの弓を作った。【上級錬金】のおかげで、それなりな能力を持った弓になる。

次はローズの鞭だ。鞭に必要な革は、レッドヒドラの物を使う。地面に輝く錬成陣が発生し、光が止むと、そこには黒い鞭ができていた。

【鑑定】でこれらの性能を確認する。

木の弓＋
ランク：C＋　攻撃力：41　追加性能：命中＋

ヒドラの鞭＋
ランク：B＋　攻撃力：378　追加性能：毒付与

「これは……すごい性能ですね」

ローズはヒドラの鞭をピシピシ鳴らしながら、高揚しているようだった。分かってはいたけど、ランクCとBじゃ性能が段違いだな。とはいえカトレアも武器の性能の違いに文句を言うわけでもなく、笑顔で弦を引いたりしていた。

「今日はもう遅いから、明日から頼んだよ」

「はっ!」

「りょうかーい」

「私はまた狩りに戻ればよろしいですか?」

「いや、今日はもう遅いし、それにもう一度錬金術を使いたいから付いてきてくれ」

俺たちはローランド跡へと足を踏み入れ、中央辺りまで移動した。

「アルさん……その人たちは誰ですか?」

そこにはペトラがいたので簡単にローズたちの紹介をすると、

「……また綺麗な人たちが増えましたね」

と言って、一瞬顔を引きつらせたが納得してくれた。なんでそんな顔するんだ?

なんとも微妙な反応に俺は首を傾げながら、錬金術に必要な素材をティアに伝える。

「あの……何かするつもりですか?」

「ああ。何かするつもりだよ」

ペトラは何をするのだろうかとキラキラした目で俺を見だした。

周囲にいた人たちも集まってきて、俺のすることに注目する。

「…………」

これだけ人に注目されてたらやりにくいなぁ。ま、いいけどさ。

「では、素材の方を出させていただきます」

「わ……わわわわ！」

ティアの目の前から膨大な数の木や石などが溢れ出てきて、ペトラは驚きの声を上げていた。

それは焦げた家屋跡に積み上げられていく。俺はこれから造ろうとしている物を、頭の中でイメージする。巨大な錬成陣が地面に浮かび上がり、ペトラも周りの人たちもざわついてその様子を見届けていた。数多くの素材が錬成陣の中で一つになっていく。

そして激しい光を放ち――一瞬の後、それは大きな塔と施設になった。

「え……えええっ⁉」

建物を見上げて、ペトラは仰天していた。町の人たちも突如現れた建物に、困惑している。

「な、なんで建物が急に……」

「なんなんだよ……すげーな、あいつ」

「アルって、名前らしいぜ……」

「アル、か……」

尊敬の眼差《まなざ》しを俺に向ける人々。だが俺はそれに気付かないふりをして、建物を見上げる。

石造りの高い塔に、みんなが仮住まいするための木造の大きな施設。中は吹き抜けの広い空間だが、とりあえずはこれで十分だろう。

「アルさん……あの塔はなんですか？」

「あれは、これから俺たちが働くための施設だよ」

「あれが私たちの……」

ペトラは塔を見上げて身震いをしていた。これから始まる日々に、喜びを感じているのだろう。

それは俺も同じで、ワクワクした気分で塔を見上げていた。

◇◇◇◇◇◇

「うう……ううん？」

まだ日の昇らない早朝。やけに柔らかな物が乗っかっている感触に、俺は目を覚ました。体の上を見ると、カトレアが俺にしがみついてすーすー寝息を立てていた。

揺り起こしても起きないので、強引に引き離そうとするも、意外と強い力で抱きついていて離れようとしない。

ちょっと幸福感はある。いい匂いもするしこんな綺麗な子に抱きつかれて嬉しくないわけはない。

だけど、

「おい。お前起きてるだろ」

「あれっ？　バレちゃいました？」

カトレアは顔を上げて、舌をペロッと出す。

いや、可愛いけどさ……。

ここは塔の最上階に造った俺の自室だ。広々とした空間で、窓が二つある。部屋にはまだベッドが一つあるだけで、ティアたちは床に毛布を敷いて眠っていた。

そしてカトレアは今朝早く、俺のベッドに忍び込んできたというわけだ。俺は起き上がりカトレアから離れようとするが、彼女は俺の首に腕を回し、背中に張り付いてきた。

「あのね。もう起きるから離れてくれない？」

「えぇ～。もっとアル様とくっついていたいんですけどぉ」

「今日もやることは多いんだ。くっついている暇なんてないぞ」

「じゃあ今日はお休みにして一日中くっついてるというのはどうですか☆」

「うん。却下だな」

口をとがらせてぶうぶう言うカトレア。俺は彼女をベッドに座らせ今日することを思案する。

「おはようございます。ご主人様」

丁度ティアも目覚めたようで、サッと床から起き上がる。

「今日はギルドの仕事をしようと思う。これからお金も必要になってくるしな」

「かしこまりました。ではレイナークへ行って仕事をいただいてくることにしましょう」

「ああ。頼むよ」

ギルド本部でこちらに回してもらえる仕事を探し、ローランドのギルドでそれを達成する。

ローランドの評価も上がり、金も入るという、一石二鳥の計画だ。

螺旋《らせん》階段を下りていき、一階のフロアへと移動する。そこはギルドの受付として利用するつもりで、カウンターと掲示板があり、その横には酒場兼食堂も備え付けられている。

酒場にはテーブル席を八つ設置している。当然ながらまだ誰も使用していない新品の状態だ。

「おはようございます」

ペトラが大きな扉を開いて中へとやって来る。彼女はソワソワと周囲を見回していた。

「前の店とは比べ物にならないぐらい広い……カウンターも大きいし、これならいっぱい冒険者が来ても大丈夫ですね」

「ああ。だけどワクワクするよな。ここが人でいっぱいになるって想像したらさ」

「……そうですね」

ペトラはその情景を想像しているのだろう、目を輝かせてブルッと震えていた。

俺はそんな彼女に、笑顔を向ける。

「俺たちの手でそれを現実にしよう。みんなが協力してくれたら、絶対にできるはずだから」

「……はい」

そんな話をしていると、ローズとカトレアが一階へと下りてきた。

「アルベルト様！　私たちにご指示を！」

「今日は昨日言ったように、自身のレベル上げをしてきてくれ。ついでに素材の回収も忘れないようにな」

「はーい☆　じゃあ行ってきまーす」

ローズとカトレアが塔を出ていき、俺はペトラと会話をしながらティアの帰りを待った。

「ただいま戻りました」

【空間移動】でレイナークとの空間を繫げてティアが戻ってくる。

彼女は何枚かの紙を持って帰ってきて、その中の一枚を俺に手渡してきた。

「ご主人様の名前を出したら、なかなかよい条件のものを用意してくれました」

「ふむ。グロートの森でのはぐれオークの討伐……レイナークの西にある森だな」

報酬は1万ゼル。確かに悪くはない報酬だ。

「よし。じゃあボランとジオを連れて森に向かうか……悪いけどボランとジオの仲間たちを呼んできてくれないか？」

俺の頼みでティアがボランたちを呼んできてくれた。施設にガラの悪い男たちが集合する。

「「「おはようございます、親分！」」」

「お、おはよう……」

なんか慣れないな、親分って。というか、親分になったつもりはないんだけどな。

「みんなには、ここで冒険者登録をして仕事をしてもらおうと思う。最初は簡単なものからでいいから、確実に仕事をこなしていってくれ」

「「「うっす！」」」

ティアが持っている紙を受け取り、男たちは仕事を確認する。

「ボランとジオは俺と一緒にグロードの森に行こう」

「ああ？　なんでそんなとこ行かなきゃいけねえんだよ？」

「強くなるためさ。強くなって、また町を燃やした連中が来ても対処できるようにする。抵抗できないまま燃やされるのはごめんだろ？」

「そういうことなら行ってやる！　バキバキに強くなってみんな守ってやんぜ！」

「俺も強くなって、今度はあいつらぶっ殺してやりますよ。もう何もできないなんて嫌っすから」

ボランもジオもやる気は十分のようだ。

「よし。じゃあすぐに向かおう」

俺は【空間移動】を開き、レイナークとの空間を繋げた。変に興奮している二人を見ながら、俺はニコリと笑う。この二人はいつか、町にとってなくてはならない存在になるのではないだろうか？

そんな期待を胸に、俺はみんなを引き連れて穴をくぐり抜けていく。

◇◇◇◇◇◇◇

俺たちはレイナークから西へ歩き、グロートの森にやってきた。ここもルーズの森と同じで、よく光が射しており明るくてよい場所だ。天気もいいし、うとうと眠気に誘われる。

「大きなあくびでございますね」

「ああ……気持ちよくて眠ってしまいそうだよ」

ボランとジオに先頭を歩いてもらい、俺とティアはその後ろを付いていく。

「あっ！　モンスターだ！」

「見りゃ分かんだよ！」

森の中を進んでいると、四匹のモンスターが現れた。茶色い毛並みに鋭い牙、獲物を睨み付けるおっかない目つき……ウルフだ。

「ジオ、ボラン。頑張って倒してきてくれ」

「了解っす！」

ジオはまだ幼さの残る声で俺の言葉に肯定し、突撃を開始する。

「オオン！」

ウルフもジオに向かって駆け出し、互いに激しい敵意をぶつけ合う。一直線に迫ってくるウルフの牙を、ジオはひょいっと横に回避し、短剣を首元に突き出して倒した。

「言っとくけどな、俺はアニキ以外には負けねえぞ！」

「ああっ⁉　俺にも勝てねえだろうが！」

ボランが空中に跳び上がり、両手で握った剣を振り下ろす。ウルフの頭部はその一撃で真っ二つに割れる。ジオはその様子を見て、悔しそうに呟いた。

「……ぜってーいつか勝つ」

「ああ⁉　こっち見てんじゃねえ！　敵がまだいるだろ、危ねえぞ！」

ボランを睨むジオに飛びかかるウルフ。だがそれを、ジオを守るようにボランが間に入って剣で防ぐ。どうもジオは町で一番強いボランが気に入らないらしく、ライバル意識をむき出しにしているが、ボランは眼中にないようだ。

ボランは優しいから、誰かに勝つような力というよりは、誰かを守るための力を欲しているのだろう。町のチンピラであるジオにとっては、それも癪《しゃく》に障るようだ。

「守ってくれなんて言ってねえだろ！」

残りのウルフの頭上から短剣を突き刺すジオ。ボランも目の前のウルフにとどめを刺す。

「怪我はねえか⁉　ああっ⁉」

「あ、あるわけねえだろ！」

いがみ合っているようにしか見えない二人。だけどボランは純粋にジオの心配をしているだけなんだろうなぁ。

その後も口論しながらジオとボランが前を進み、次々襲いくるウルフを倒していく。その死体をティアが斬りつけると、素材としてティアに吸収されていく。

「何かあったら援護をしようかと思っていたのですが……私は必要なさそうですね」

「いやいや。素材を回収してくれるだけでも大助かりだ」

ティアは喜びを感じているのか、尻尾を左右に揺らしていた。

俺はボランたちが頑張ってくれているので、のんびりと歩いているだけ。

うーん。楽でいいなぁ。

「おい！　止まれ！」

「はぁ？」

ウルフを狩りながら先頭を走っていたジオは、ボランの言葉に顔を振り向かせる。

「なんだってんだ？」

「ウルフじゃねえ奴がそこにいるんだよ！」

ジオは怪訝そうに、ボランが指さす方へ視線を移す。

そこにいたのは、太った人間の体に豚の頭をくっつけたようなモンスター、オークだった。

だがオークにしては大きすぎる気がする。だいたいオークは大きくても2メートルといったところだが……こいつは4メートルほどある。

「……はぐれオーク、か」

通常、モンスターは同じ場所に群れで生息し、縄張りを離れることは基本的にはない。だが、このオークのように、一個体が偶然や自分の意思で別の場所へ移動することが稀《まれ》にある。群れを離れれば環境は格段に厳しくなるため、それを生き抜いたはぐれのモンスターは強力になる傾向がある。要するに今のボランたちでは対処できない強さであろう。

「……何これ？」

「はぐれオークだよ。これは俺が始末するから、二人は下がってろ」

ゴクリと息を呑むジオ。俺はティアと共に前に出ようとした。

だが。

「こいつぐらい倒せねえと……いつまで経ってもボランに追いつけねぇ！　俺がぶっ倒してやる！」

「おい。無茶はするなよ」

ジオは駆け出した。ボランも同時に走り出し、正面からはぐれオークに向かっていく。

「うおっ⁉」

はぐれオークは武器を持たず、その拳だけでボランを吹き飛ばした。ボランは木に激しく頭を打つ。が、すぐに立ち上がり再度突撃する。

「このっ！」

素早い動きで、ジオがオークの背後に回る。短剣で腰辺りを切り裂こうとするが……効果がない。

「え？　ちょっとどうなってんだよ⁉」

唖然とするジオは、オークの振り回す拳で顔面を捉えられる。

「ぶほっ！」

ものすごい勢いで吹っ飛ぶジオ。地面で数回転して体は止まる。足に力が入らないらしく、起き上がれないままオークの背中を睨んでいた。

「この野郎！」

鬼の形相でボランは剣を振り下ろす。が、それを腕で防がれて剣はパキンと折れてしまう。

「バケモンかよ、ああっ⁉」

ボランに拳が襲いくる。

「くっ！」

が、俺はボランの体を背中からぐいっと引っ張りそれを空振りにさせた。

「ああっ⁉」

驚くボランを後ろにポイッと投げ、俺は軽く跳び上がりオークの顔面に回し蹴りを放つ。

「グボォオオオ！」

ギュルンギュルンと空中で何回転もするオークの体。ズシンとそのまま地面に落ちて、オークはこの世を去った。

「バケモン以上のバケモンかよてめぇは……」

ボランとジオが仰天し、ポカンと口を大開きしている。

「マ、マジですげーんすねアニキ……」

ティアは「当然です」とでも言うように眼鏡をくいっと上げてジオを見る。

「ま、そのうち二人も強くなるよ」

いつまでも驚いていた二人はその後、必死にウルフを狩っていた。

やる気がさらに増したようで嬉しくなり、俺はホクホク顔で二人の成長を見届けていた。

◇◇◇◇◇◇

グロートの森に行ってから一週間。町では大工が少しずつだが新たな家を建て始めていた。

「おお！　アルさん。どんなもんだい？」

大工の一人が俺に仕事の出来栄えを尋ねてくる。

「うん。いいんじゃないか。この調子ならガライは、これからどんどん上手くなっていくだろうね」

「そ、そうか？　よーし。もっと頑張るぞ！」

大工のガライは俄然《がぜん》やる気を出して、仕事に打ち込み始める。

俺は町の様子をペトラと見回っていた。みんなが頑張ってくれたおかげで、瓦礫の撤去は早々に済んだ。まぁ、それはティアたちの【収納】のおかげでもあるのだけれど。

「あ、アルさん。こんにちは」

「こんにちは、ケリー。今日もゴミ回収頑張ってくれてるんだね。ありがとう」

「い、いえ。これも町のためですから」

「お兄ちゃーん！　私たちも頑張ってるよぉ」

「おおっ。ミリアたちも偉いなぁ」

親子が町のゴミを拾い歩いていて、俺はその子供の頭を撫でてやっていた。

他にもゴミを拾い歩いている人が大勢いて、日々町が綺麗になっていく。

「…………」

「どうしたペトラ?」

ペトラはじーっと俺の顔を覗き込んできた。

「あ、いや。アルさんってみんなから好かれているというか……人気ありますよね。話をしているだけで、みんな嬉しそうだし」

「そう?」

「そうですよ」

「別に大したことはしていないんだけどな」

「大したことしてなかったら……何をしているんですか?」

「……『人を動かしている間は二流の商人』って親父《おやじ》がよく言っていてね」

「?」

俺は親父のことを思い出しながら、ペトラに話をする。

「『人が自発的に動く環境を作ってこそ一流の商人』。そのために一番必要なのってなんだと思う?」

「必要なこと……お金ですか?」

真剣な顔で悩み、ペトラはそう答えた。

「残念ながら不正解だ。もちろん、お金で動く人間も大勢いるだろうけど、一番大事なのは『コミュニケーション能力』さ」

「コミュニケーション能力?」

「ああ。例えばさ、一緒にいて楽しい相手と、悪態《あくたい》ばかりついている相手、遊ぶならどっちがいいと思う?」

「それは……楽しい方がいいです」

「だろ? だからコミュニケーションが大事になってくるんだ。悪態をついたり、人に突っかかったりするのは、俺から見ればコミュニケーション能力が低いだけだと思っている」

「なるほど」

ふむふむとペトラは首を振りながら話を聞いている。

「人との付き合い方を大事に考えている人間なら、そんな態度を取らないものさ。そして遊びもそうだけど、仕事にしても復興作業にしても一緒なんだよ。気分よく働けるのと気分悪く働くのじゃ、効率も大きく変わってくる。それから友好的な人に好意を抱くのも当然のことだから人にも好かれる。だけど世の中にはそれを知らない人間が多い。だから俺がやっていること自体は大したことじゃないけど、みんなができない分、大層に見えるんだろうな。人に好かれる上に効率よく仕事をしてもらえる。そしてさらには自発的に動いてくれるようになる、と。な、いいことずくめの魔法のようなものなのに、これを使わない手はないだろ?」

「はぁ……それで、どうやったらそれは使えるんですか?」

「常に笑顔でいること、人を褒めること。とりあえずこの二つを忘れなければいいんじゃないかな」

「なるほど……そう言えば、初めて会った時も私を『可愛い』って褒めてくれましたもんね」

ポッと頬を染めるペトラ。

「ああ。そこで大事なのは、お世辞じゃなくて、『本当に思ったこと』を褒めること。そうすれば、相手の心にも素直に伝わるからね」

「なるほど……って、本気で私のことを可愛いって思ってくれてるんですかー!?」

「ああ。そうだよ」

真っ赤になって大慌てするペトラに、俺は笑顔を向ける。

いや、本当に可愛いと思うよ、ペトラは。実際、ペトラとすれ違う人も彼女を見ているし。今だって実際に、

「あ、ペトラだ。可愛いな」

「相変わらず可愛いな」

なんて言いながら、人々が彼女の横を通り過ぎていく。だが彼女はその事実にも気付かず、本気で俺の意見を否定しているようだった。

「ご主人様。ただいま戻りました」

ティアが空間を繋げて、町へと戻ってきた。

「ご苦労さん。ティアのおかげでみんなは飯を食える。町のみんなが感謝していたよ」

「恐縮でございます」

お礼に頭を撫でてやると、ティアは気持ちよさそうに尻尾を動かしていた。

「じゃあ、次は【錬金術】の習得をしてくれないか？　知識はあるから、覚えるのも早いだろ？」

「はい。承知いたしました」

頭を下げるティア。だがペトラが何か疑問に思い、声をかけてくる。

「あの、ティアさんに【錬金術】を覚えてもらって、どうするつもりなんですか？」

「ん？　みんなに【錬金術】を教えてもらうんだよ。新しい教師の仕事ってところかな」

「……アルさんが教えた方が早くないですか？　大工仕事にしてもそうですし、アルさんの方がよっぽど上手いことも他人に任せちゃいますよね」

「ペトラの言っていることは正しいよ。だけど、自分が全部できるからって全部自分でやってたら、みんなのやることがなくなってしまう。人に任せるというのは、みんなに仕事を与えるという意味でも、成長してもらうという意味でも大事なことなんだ」

「そ、そうなんですか……」

「ああ。それに他人に任せた方が、俺も楽をできるしね」

「……それが本音じゃないですか？」

怪訝そうに言うペトラ。

「ははは。ちゃーんとみんなのことを考えて任せているのだよ」

半分当たっていたので、とにかく笑って誤魔化しておいた。

ペトラはなんだか鋭いなぁ。と、褒めてもよかったが、それはやめておくことにした。

「おいクソババア！」

突然聞こえてきた怒声に、俺たちは振り向く。

そこにいたのはボランだった。ボランは俺が錬成で作った鉄の鎧に、大きな鉄の盾を装備している。人相の悪い男たちを従えているが、一応彼らは町の警備を任されているのだ。今も見回りの最中なのだが……何やってるんだ？

「わ、私は何もやっちゃいないよ」

「何もやってねえことねえだろ！　重たそうなもん持ちやがって……俺が運んでやる！　適当に端にでも置いてりゃ、俺たちが運ぶから無茶すんじゃねえ！」

ボランに声をかけられたおばあさんは、町を綺麗にしている人たちの一人だった。ゴミを集めて運んでいたようだが、重い荷物をボランが見咎めたというわけか。ボランは、おばあさんからゴミを奪い、そのちぐはぐな態度におばあさんは首を傾げていた。

「ボランさん、言葉遣いはあれですけど、結構さまになってますね」

「確かに口が悪すぎる。だけど人がいい。人がいいから、人を守る仕事が型にはまると思ったんだ」

「アルさんの考え通り、正解でしたね」

ペトラは「でも」と続ける。

「大工さんもボランさんたちも、全部お給料はアルさんが出していますよね、大丈夫なんですか？」

「ああ。大丈夫大丈夫。お金を貯めるのは好きだけど、人のために使うのはもっと好きなんだ。どうせあの世には持っていけないし、使える時に使わないと」

ペトラが感心したように「なるほど」と言った。

「それに、ここでお金を投資しておけば、将来的にもっと稼げると思うしね」

「稼げ……るんですか？」

「ああ。だってお金を使って町が発展してくれた方がお金の回りがよくなるだろ。お金の回りがよくなれば、それだけ俺の元にもお金が舞い込んでくるチャンスが増えるというわけだ」

「なるほど。結局のところ、利害が一致してくるんですね」

「ま、そういうことだよ」

俺は町の様子をぐるりと見渡す。確実に復興へ向けて進んでいる。まだ始まったばかりだけれど、一歩一歩前へ進んでいるんだ。俺はワクワクした気分で、ペトラとの会話を続ける。

「よし……次はスカウトにでも行ってこようかな」

「スカウト、ですか？」

「ああ。ペトラも付いてくるかい？」

「はい。是非お願いします」

◇◇◇◇◇◇

マーフィンとの空間を繋げ、俺は冒険者ギルドへとやって来た。シモンがギルドマスターを務めるギルド……俺が以前、働いていたギルドだ。そっと中を覗いてみると、殺伐とした空気の中、みんなは仕事をしていた。

「ちょっと、冒険者の人待たせてるでしょ！」

「私の所為《せい》？　自分の仕事が遅いんじゃないの!?」

俺は嘆息し、ペトラとティアの方を向く。

「ま、シモンがまともなコミュニケーションを図れるわけもないだろうし、こうなるか」

「元々、職場の環境はよくありませんでしたからね」

剣の状態でずっと一緒だったティアは、当時のことをよく知っているみたいだ。俺が来る前も、やはりこんな状態だった。見るに見かねて、俺がみんなとコミュニケーションを取って円滑に仕事ができるようにしたんだっけな。

しみじみと当時のことを振り返る。

「……こんな状態でも、コミュニケーション一つでどうにかなっちゃうものなんですか？」

「なるよ。しっかりコミュニケーションを取れる人間が一人でもいればね」

そう言って俺は、冒険者ギルドへと足を踏み入れる。

「やあやあみなさん。お久しぶり」

俺がカウンター前からみんなに挨拶すると、水を打ったように静寂が訪れる。

そして、

「「「アル!!」」」

わっと大勢の職員、冒険者たちが俺の方へと走り寄ってきた。みんなに囲まれた俺は、笑顔で応えた。

「お前、ローランドにいるらしいな！」

「なんでクビになっちゃったのよ！　寂しかったじゃない」

「アルー！　帰ってきてよぉ！」

みんなが笑顔で、俺に声をかける。

その様子をペトラはポカンと見ていた。

「やっぱりアルさんって、人気ありますね」

「ははは。俺と同じことをすれば誰だってこうなるんだよ。ペトラでもね」

「はぁ……」

「おお、アル！」

「テロンさん」

大きな体をしたテロンさんが、奥から嬉しそうに飛び出てきた。

「よく来たな！　今日は何か用事か？」

「みんなに会いに来ただけだよ。と言いたいところだけど、ちょっと用事があってね」

「用事？　何の用事だ？」

テロンさんは眉をひそめてそう訊いてきた。

「テロンさんをスカウトしに来たのさ。ローランドのギルドを大きくしようと考えていてね。素人ばかりだし、どうしても指導係が必要になるんだ」

「指導係ねぇ……」

「駄目かい？」

うーんと唸るテロンさん。

「給料は？」

「現状はまともに支給できないと思う」

「町の連中は聞き分けがいいのか？」

「一癖ある連中ばかりだね」

「……最悪じゃねえか」

「ははは……確かに」

テロンさんはギロリと俺を睨む。

「…………」

が、急にニカッと歯を見せて笑う。

「でも、最高だな！　お前と一からギルド作りなんて最高だ！　面白そうじゃねえか！」

ガハハと大笑いするテロンさん。

俺も笑みをテロンさんに向けて話を続ける。

「ありがとう。テロンさんなら来てくれると思ったよ。このギルドのこともあるし、いつから来れる？」

「いつから？　今からに決まってんだろ。こんなギルドに未練もなければ思い入れもねえよ」

「あ、そう。じゃあ今日から来てもらおうかな」

しかしシモンの奴、人望がないんだなぁ。こんなにあっさりベテランを引き抜けるんだもの。

「私も行っていい？　というか行く！」

「俺も行く！　アルがいるなら、ローランドで冒険者するよ！」

これまた大勢の職員と冒険者たちがローランド行きを熱望してきた。

まさかここまで俺の誘いに乗ってくれる人がいるなんて……。

俺は嬉しさのあまり感動していた。そしてみんなに一言、こう言ったのだ。

「みんな、よろしく頼むよ」

◇◇◇◇◇◇

新しいギルド作りのための職員や所属冒険者を確保した俺は、ローランドに移り住む人たちを機《き》嫌《げん》よくマーフィンの町の外で待っていた。

気持ちいい風が吹く草原。初めてスライムを倒した時のことを思い出す。

「はぁ……なんだか気持ちよすぎて、お昼寝したくなりますね」

「本当だねぇ」

俺とペトラは幸せな気分で風を感じていた。ティアも風を受けて耳をピクピク動かしている。

ただ静かに気分のいい時間を過ごしていた。

が。

「アルベルト」

「……ゴルゴ」

町から出てきたのは、部下を引き連れて偉そうな態度で先頭を歩くゴルゴだ。

俺は奴の顔を見て、一気に気分を害された。

「お前、聞くところによるとローランドに住んでるらしいな」

「あんたには関係ないだろ。お互い顔を合わせてもいいことないんだし、さっさとどこかに行きなよ」

くつくつ笑うゴルゴ。なんだかいちいち癇に障るな。

「俺はお前に用事があってここに来たんだ」

「俺に？　なんの用だよ」

「お前の惨めな顔を見に来たんだよ」

「…………」

俺は呆れて顔を歪めゴルゴを見ていた。

コミュニケーションが大事だとは言ったものの、ゴルゴに関してだけはまともに相手ができない。

まぁこいつとは色々あったけど、特に仲良くする必要もないよな。

「グッド！　その顔だその顔。俺はその情けないお前の顔が見たかったんだよ」

「あっそ。じゃあ目的も果たしたんだし、どっか行けよ」

相手は俺が呆れていただけなのを勘違いしていたが、否定するのも面倒なのでそのまま適当にあしらった。

「つれねえなぁ」

ゴルゴは俺の肩に手を回す。ティアが俺の隣で刀に手をかけた。

「…………」

ゴルゴのことは俺とずっと一緒だったティアもよく理解しているのだろう。

俺に何かあればいつでも斬ってやる。そのような気迫を感じた。

だが俺は手でティアを制す。静かに怒るティアだったが、刀から手を離した。

「おいおい。まさか、今でも俺のこと恨んでるのか？」

「恨む？　今の今までお前のことは忘れていたよ」

これは冗談ではなく、本気の話だ。最近ローランドのことで頭がいっぱいだったので、ゴルゴのことは完全に忘れていた。

「……まあいい。だが、ガイゼル商店を取り戻そうなんてバカな考えはやめておけよ」

「バカの相手をするようなバカじゃないよ、俺は」

俺の挑発的な言葉に怒ったのか、ゴルゴは一瞬怒りを表情に出したが、すぐに大きく呼吸して、平静を保った。

「あんまり調子に乗るなよ。お前程度、いつでも潰せるんだからな」

「潰すのは自分の店だけでいいだろ。俺を相手にすると、物理的にもお前は潰れることになるぞ」

「弱いガキが何言ってやがる。いいか、二度とマーフィンに来るんじゃない。来たら絶対に潰すからな」

俺は黙ってゴルゴの手を払いのける。ゴルゴは舌打ちをして、町の方へと戻っていった。

「……なんですか、あの失礼な人」

「あれはご主人様に仇《あだ》なすゴリラでございます。あ、ゴルゴでしたっけ？　どちらでも構いませんが」

ティアも頭にきていたのか、珍しくわざと冗談のような言い間違いをする。

「しかし久々に会ったが、癇に障る奴だな。ちょっと腹が立ったから商店を奪い取ってやろうか」

「それはよい提案かと思います。是非そう致しましょう」

冗談のつもりだったんだが、ティアは意外にも乗り気だった。まぁ、いずれ取り戻せるなら取り戻してもいいかもと思ってたぐらいだし、いつか本気でやってやろうか。

だが今はそんなことよりローランドのことだ。まずはあそこをなんとかしないと、それも夢のまた夢だ。

「待たせたなー」

テロンさんがゾロゾロと職員たちを引き連れて草原へとやって来る。

みんなシモンのギルドを抜けられたのが嬉しそうだ。

「じゃあ行こうか」

俺はローランドとの空間を繋ぐ。

「おいおいおいおいおい！　なんだよこれは！」

テロンさんを筆頭に、ざわつくみんな。目の前に穴ができて、その向こうにローランドがあることに驚愕している。

「まぁ、便利でいいでしょ。ささ、行こう行こう」

全員が空間の穴を通ってローランドへと足を踏み入れた。町が全て燃え尽き、現在は中央に大きな建物がある状態。ちらほらと大工が建築してはいるが、まだまだ町と呼ぶには程遠い。

みんなは驚いて周囲を見回していた。

「噂には聞いてたが、本当に町がなくなったんだな」

「ああ。犯人を捜しているんだけど……心当たりもなくてね」

「そうか……」

テロンさんはふと何かを思い出したらしく、俺に尋ねる。

「そういや、エミリアはどうした？」

「エミリア？　知らないよ。ギルドにいるんじゃないの？」

「いや。あいつギルドを辞めたんだよ」

「へー」

本当にシモンは人望がないなぁ。

「それで、少し前にお前がローランドにいるって伝えておいたんだけどなぁ」

「ああ。あいつ、方向音痴だからな。また見当違いの場所に行ったんじゃない？」

エミリアは信じられないほどの方向音痴で、迷子になることなんてざらだった。子供の時分どれだけ捜し回ったことか……。

そんなエミリアがマーフィンからローランドにやって来るなんて……不可能にも程がある。

馬車でも使えばいいものを、どうせ一人でなんとかなるとでも思ったのだろう。本当にそそっかしい奴だなあ。女の子だからここは心配してもいいところだが……エミリアのことだ。きっと大丈夫だろう。

あいつはたくましすぎるぐらいたくましいし。

俺は嘆息し、マーフィンから来たみんなに笑みを向ける。

「ローランドへようこそ。そしてここが、今日からみんなが生活していく場所だ」

何もないところだけれど。将来どうなるのかも分からないけれど。

それでもみんなは希望と歓喜に満ちた瞳でローランドを見つめていた。

「力を合わせて、みんなでこの町を大きくしよう」

◇◇◇◇◇◇◇

「やっぱ俺らには無理なんすかね、親分……」

数十人の男が俺の部屋に詰めている。その中の一人がうなだれながら俺にそう言った。

これだけの人数が詰めかけてきても窮屈さを感じない広い部屋で、俺はベッドに座って、言葉を返した。

「まだ諦めるには早いでしょ。何回か失敗しただけだろ？」

「でも俺ら、なかなか強くなれねえし……」

「強くなれないって、そんな言うほど訓練もしてないじゃないか。この間までただのチンピラ集団だったんだ。仕方ないさ」

「「「……はぁ」」」

男たちは一斉にため息をつく。こっちまで滅入《めい》ってくるので、元気づける言葉を投げかける。

「ま、大丈夫だと思うよ。俺だってちょっと前まで大したことなかったんだ。みんなならできると信じてるから」

「うっす」

男たちが部屋から出ていく。

それと入れ替わりに、数人の男女が入ってきた。

「おい」

「何か？」

殺気だった様子で、彼らは俺を睨み付けてくる。

「いつまで無駄なことやってるんだよ。外からも大勢人を呼んでさ」

「そうよ。部外者が偉そうに」

彼らはローランドの改革に反対している連中だ。町から離れるわけでもなく、ここに滞在して周囲の士気を下げたり、こうして俺に直接文句を言いに来たりする。

目的は……たぶんないのだろう。理由などなんでもよく、不平不満ばかりを口にする。

深層的な理由としては……気にしてほしいということだろう。

俺たちはこれだけ不幸なんだから話を聞いてくれ。

これだけ腹が立っているから話を聞いてくれ。

文句ばかり言う人間のほとんどがそうだ。だから俺は黙って彼らの話を聴くことにした。

うんうん首を縦に振りながら話を聴く。人には真剣に話を聴いてくれる人が必要なのだ。

だからこうして聴いてあげることによって、心を開いてくれることがほとんどだ。

話を適当に聞くのではなく、身体全体で真剣に聴いてあげる。

これがコツだ。

そうしているといつしか彼らは、現状に対しての不安を口にしだした。

「……俺らなんかじゃ、どうせまともな生活なんてできやしないんだ」

「私たちが真っ当な生活を送れると思う？」

「俺は可能だと思っているよ。誰だって本気になれば変われるものさ」

そこで俺はピンとくる。

「さっきの奴らがさ、自分たちがダメだって嘆いてたんだけど……あいつらが変わったら、みんなも変われるかい？」

「……あ、あいつらにできるんなら俺たちにも……」

「どうせあいつらじゃ無理だと思うけど」

変われるかもと考える人と、無理だと不貞腐《ふてくさ》れている人が半々といったところか。

まぁ、少しずつでも変えていこう。

「とりあえず、彼らの変化を見ていてくれ。話はまたそれからしよう」

しなければならないことは山積みだが、一つずつできることをやっていこう。

◇◇◇◇◇◇

翌日。

ほとんど曇りのない青空の下、俺はティアたちと共にローランドを出たところに来ていた。

俺とティアとペトラが並び、その前にはローズとカトレアがいる。

そしてローズたちの目の前には、こちら側を向いているジオを筆頭としたチンピラや冒険者志望の人たちが並んでいた。

ローズは鞭を握って、男たちへ向けて声を張り上げる。

「これより、貴様たちの戦闘訓練を開始する。覚悟はいいか？」

「訓練って……お前が俺らを鍛えるってのか？」

侮ったような言葉に、ローズは地面を鞭で叩く。男たちは「ひっ」と青い顔で怖がっている。

「いいか！　まずは貴様ら自身を信じろ！　自分を信じない奴に強くなる資格も可能性もない！」

「みんなー頑張ってねぇ〜☆」

怒声を発するローズの横で、カトレアが大変可愛らしい声でみんなを応援する。

「か、可愛い……」

「可憐《かれん》だ……でもこっちの女も美人だぜ」

「どっちも好みだ……」

既に二人に魅了され始めている男たち。

「今日はホライザ迷宮へ行く。そこでモンスターたちと戦ってもらう。いいな！」

そう言うとローズは空間を広げ、ホライザ迷宮への穴を作る。言われるまま、穴を通っていく男たち。俺たちも穴を通ってホライザ迷宮へと移動する。

「はぁ……しかしこれ、本当に便利ですよね」

ペトラがいまだに信じられないといった顔で、穴を通る。

ここら辺は神剣のチート能力に感謝だよなぁ。移動時間が短縮されるから、超効率的に訓練にも仕事にも行ける。普通よりも段取りよく、みんなの戦闘能力を向上させられること間違いなしだ。

「では行ってこい！　貴様らならできるはずだ！」

ここは壁にタイマツが灯っているので、奥まで見渡すことができる天然洞窟。大したモンスターも出現しないが、男たちはゴクリと息を呑んでゆっくりとした足取りで前へ進んでいく。

レッドヒドラが倒れたことで迷宮は元のEクラスモンスターだけになっている。早速出てきたコボルトへ向け、ローズが鞭を向けて叫んだ。

「さあ行け！」

「い、いや……無理っすよ」

またもローズがじろりと睨みを利かせるが、カトレアが弱気な男に笑顔を向けた。

「無理だと思うから無理なんだよぉ。みんななら大丈夫だって、私信じてるよっ☆」

カトレアの猫撫で声を聞いてほんのり顔を赤くした男たちがコボルトを睨み、突撃する。

数人に囲まれたコボルトたちは為す術もなく、男たちの剣を喰らって呆気なく絶命した。

「わーわー！　すごーい！　やっぱりみんな、やればできるんだね！」

男たちは敵を倒せたことと、パチパチ手を叩きながら応援するカトレアの声に興奮していた。

そしてそれを見ていた他の男たちもやる気が湧いたのか、瞳を異様にギラギラさせていた。


訓練が開始されてから二時間。

男たちは目に見えて強くなっていた。最初は怯えていた彼らも、勢いづいたのかモンスターたちに果敢に向かっていく。今では単独でも戦えていた。そんな男たちに、ローズとカトレアは激励を飛ばした。

「やればできるじゃないか！　そうだ！　貴様らはもっともっと強くなれるぞ！」

「え～みんなすごいよぉ～。こんなに強くなっちゃったら、私好きになっちゃうかもぉ」

そこでまた、男たちの勢いが増す。ペトラはその様子を見て目を丸くしていた。

「今朝まで自信のなかった人たちが本当に強くなり始めてますね……てっきり訓練って言うから、もっと怒鳴ったり、厳しいのを想像していました」

「うん。この間、人を褒めろって言ったろ？　人の能力を効率よく伸ばすなら、叱るより褒めた方がいいのさ」

「そうなんですか？　物を覚えさせるなら、叱るべきなんだと思っていました。なるほど、だからローズさんもカトレアさんも、褒めたり応援してるんですね」

その通り。無能な指導者は叱った方がいいなんて幻想を抱いているけど、褒める方が人は伸びる。これは俺の信条だが、真実だと思っている。もちろん、ローズとカトレアの言葉が上手いのと、何より二人が魅力的なのも大きな要因だろうな。

「マーム！　自分、ローズ教官のためにももっと強くなるであります！」

「カトレアちゃーん！　強くなるから俺のこと好きになってねぇ～」

などと宣《のたま》っている男たちを、ペトラはなんとも言えない複雑な顔で見ていた。

「どんどん強くなってますけど……どんどんおかしくなってるような気もするんですが……」

「ははは。それは否定できないなぁ……」

「妹たちは可愛いですから。惚れてしまうのも致し方ないかと」

ティアはどこか自慢げにそう述べた。完全にローズとカトレアに骨抜きにされた男たち。俺も呆れながらみんなを見ていた。

だがそんなことを言うティアにも、人気があることを俺は知っている。二人と比べても遜色ないぐらい美人のティアには、町に大勢のファンがいるのだ。

俺の神剣たちがこんなに人気があるなんて、ちょっと鼻が高いな。可愛い妹たちが褒められるといったような気分であろうか。妹いないから分からないけど。

「ん？」

「ひん……ひん……」

最後尾からヨロヨロと、泣きながら少年が出てきた。あれは確か、ペトラの妹のルカに惚れているロイだったか。服はボロボロになっていて、苦戦しているのが見て取れた。

「ど、どうしたんだ？」

「ぼ、僕も強くなりたいと思って参加したけど……全然ダメなんです！」

彼は俺の前で膝をついて、大粒の涙を流している。俺は頬を掻いて、なんとか励まそうとした。

「誰だって最初はそうだよ」

「でも、他のみんなは戦えてるじゃないですか……」

ぐずって俯くロイに、俺は嘆息して言った。

「君はまだ子供で、他のみんなは大人だ。そんな中、自分から強くなろうと思って付いてきたことが偉いよ。今度君でも安全に戦える場所に連れていってあげるから。今日は後方から見学でもしておきなよ。せめてみんなの気迫だけでも感じて、学び取ればいい」

「は、はぁ……」

俺が微笑みかけると、ロイはゆっくり頷いた。

「じゃあペトラ。俺たちは別の仕事に行くから、みんなのことをよろしくね」

「は、はい……私相手じゃ、みなさんおかしくなったりしないですよね……？　お二人みたいに可愛くないですし」

それは分からんぞ。というか、ペトラも十分可愛いからその可能性は大ありだと思う。

ペトラはロイを連れて、ローズたちの近くまで移動する。

俺はレイナークに空間を繋げ、ティアと共に穴を抜けた。

「さてと、俺たちが向かうのは……西の山だったな」

「左様でございます……」

ティアは一度頭を下げると、なんと俺の腕に手を回してきた。

大きくて柔らかく素晴らしい感触を得ると同時に、心臓が急速に高鳴っていく。

「ど、どうしたんだよ、急に」

「ご無礼をお許しください。ですが、二人きりというのは久々なもので……」

「はぁ」

そう言えばそうか。

ずっと誰かと一緒だったから二人きりになることってなかったもんな。

しかし、ティアがそんなことを気にしていたとは……今もちょっぴり紅潮させ、嬉しそうに猫耳を動かしていた。

「にゃふふふ……」

「………」

なんだか照れるなぁ。だけどティアが嬉しいならこのままでもいいけど。

というか俺も結構嬉しかったりして。

ティアは上機嫌のまま俺から離れ、バイクモードに変形した。

『ではまいりましょう』

◇◇◇◇◇◇

山の麓《ふもと》に到着すると、レイナークの兵士が十人ほど待機していた。みんな、バイクモードのブルーティアを見て、驚きを口にしている。

まあ、驚くよね。この世界にはない物だし。

ブルーティアから下りると、ティアはヒューマンモードになった。事情を知らない兵士はまた驚いている。

「やあ、アルさん。よく来てくれましたね」

そんな中、レッドヒドラ討伐時に一緒にいた顔見知りの兵士が歩み出てきた。さすがにバイクモードには驚いていたが、ヒューマンモードへの変化は慣れたらしい。

「やあ。それで、問題の敵はどこにいるんだい？」

「現在は山頂付近をウロウロしています」

俺とティアは、目の前の山を見上げる。標高は1000メートルもないだろう。ゴツゴツした岩場が多く見られる山だ。それ以外に、大した特徴らしい特徴もない。

「ここで出現するモンスターは……オークとオルトロス、か」

「はい。両方ともDクラスのモンスターでございますね」

Dクラス程度なら特に問題ない。問題なのは、討伐の依頼を受けた方のモンスターだ。

「よし。とりあえずは山頂に向かうとしよう。考えるのは相手を見てからだ」

兵士たちを引き連れて獣道を登っていく。

すると、犬の頭が二つあり、尻尾が蛇になった黒いモンスターが飛び出してきた。

「オルトロスだ。ティア、お前だけでも問題ないかい？」

「はい。お任せください」

見ているだけで、背筋がゾワゾワッとするそれに、ティアは平然と近づいていく。相手もまたティアに気付き、威嚇《いかく》してきた。

「あ、あの子一人じゃ無茶じゃないですか？」

「いやぁ、大丈夫だと思うよ。ティアは結構強いからね」

足場を蹴り、駆け出すオルトロス。

ティアは刀に手を置き、相手を待ち構える。オルトロスは二つの頭でティアに噛みつこうと、大きく口を開いた。

「【一の太刀・瞬閃】」

チンッという刀の音だけが聞こえ――オルトロスの二つの頭が大地に落ちる。

目にも留まらぬ速さで抜刀して斬りつける、居合という剣術の一つだ。

「おおっ……オルトロスをあっさり倒したぞ」

「なかなかやるな……」

ティアは眼鏡をくいっと上げ、俺たちの方を見る。

「先に進みましょう」

ここも、高ランクモンスターのせいで場が乱れ、低ランクのモンスターが大量発生しているのだろう、次々にオルトロスが襲いかかってくる。

だがティアはそれを軽く一蹴していく。俺はその後ろを、鼻歌交じりで歩いていた。

屈強なオークも出現するが、それもティアは簡単に倒していく。背後や側面から来るモンスターは兵士の人たちが対応し、なんとか敵を倒していた。見ててちょっと危なっかしいし、ピンチになったら助けてあげよう。

そう思いながら突き進んでいたが、結局手を貸す必要もなく、山頂付近へと到着した。

「あ、あれです……」

「あれか……ティア、あれは一人で倒せるか？」

「ご主人様のご命令ならば、一人で相手してきますが」

「ははは……そんな無茶は、可愛いティアにはさせられないな」

俺たちの視線の先にいるのはBクラスの大型モンスター——キングコカトリスだった。

茶色い鶏の体に竜の翼と尻尾。体はとても大きく、かるく4メートルは超えている。

ピシピシ地面を叩く尻尾の音に、兵士たちは怯えているようだった。一人の兵士がゴクリと息を呑んで俺に言う。

「あ、あいつに近づいたら石化させるつばを吐くので、気を付けてください」

「了解」

ティアにソードモードになってもらい、俺はゆっくり相手との距離を詰めた。

山頂付近は岩場が多く、足元が悪い。それを跳んで渡っていくと、キングコカトリスはこちらを認識したようで、「コケー」と鳴き声を上げる。つばを周囲に巻き散らしながら、ズンズンこちらに向かって走ってきた。

「うげっ。汚いなぁ」

『あまり近づきたくはありませんね』

「あまりどころか、一切近づきたくないよ」

当たったところで【状態異常無効】があるから問題はないが……やはり当たりたくはない。

突進してくるキングコカトリス。

「あ、危ない！」

兵士が叫び声を上げていた。

だが俺はそれを空中に跳んで避け、くるくる回転しながら自然落下し、相手の尻尾を切断する。

「ゴゲーッ!!」

キングコカトリスは痛みから全力で駆け、目の前の岩場に頭を打つ。ふらふらしながら振り返り、こちらを睨んでくる。

俺は嘆息しながらブルーティアの鍔《つば》部分で肩をトントン叩く。

「もうやめておいた方がいいと思うんだけどなぁ」

『同感です。ですが、相手は本能のみでこちらに向かってきますので……』

「倒すしかないよな」

俺はティアにアローモードに変形してもらう。

最大までレベルアップさせた【弓】スキルでもって、一撃で決めてやろう。

淡い光を放ちながら、ブルーティアが光の矢を発生させる。俺がキリキリと弦を引き絞ると、力が集約していくのが分かった。

「コケー!!」

キングコカトリスがダラダラ涎を垂れ流しながら駆け出した。

さっきとは比べ物にならない速度でだ。それを見た兵士たちが「逃げろ!」と口々に叫んでいる。

どうやら俺の身を案じているらしいが——それは不要だ。

兵士たちの言葉を無視し、キングコカトリスの頭に狙いを定める。矢の先に、バチバチと電気が弾ける。

「【プラズマショット】」

弦を放した瞬間、バチィッ、と激しい音と共に光の矢が一直線に飛び、キングコカトリスの石のような頭蓋を撃ち抜いた。

「コ……ケ……」

巨体が岩場に沈み、大きな音を立てる。

「今回も楽勝だったな」

『はい。この労働力で考えれば、破格の報酬でございますね』

「ははは。本当だ。楽に稼げてみんなも助かる。これぐらいが俺には丁度いいよ」

「…………」

あまりにも呆気ない結末に、兵士たちは目を丸くして俺を見ていた。

「う、噂以上じゃないか……？」

「あ、相手はキングコカトリスだぞ」

「こんな強い人がこの世にいるのか……」

ヒューマンモードになったティアと俺は、そんな彼らの姿を見て、顔を見合わせて笑った。

◇◇◇◇◇◇

訓練が開始されてからおよそ一ヶ月。

みんな以前とは比べ物にならないぐらい強くなっていた。体はたくましく引き締まり、顔つきも凛々しいものに変貌している。

みんな俺が錬成した鎧を身にまとい、風貌も戦士そのものになっている。今なら、彼らが元チンピラだと言っても誰も信じないだろう。

「…………」

……戦士らしくなってはいたが、少しばかり予想外のことが起きていた。

それは、ローズ派とカトレア派という、二つの派閥が出来上がってしまったことだ。

みな腰に毛皮を巻いているのだが、黒い毛皮はローズ派、白い毛皮はカトレア派、ということらしい。

それの何が問題なのかと言うと、

「教官の方が美人に決まってんだろ！」

「バッカ！　カトレアちゃんの方が可愛いだろうが！」

ギルドの入り口付近で、不毛な争いをしている数人の男たち。顔と顔をくっつけ合い、いがみ合っている。

そう。こうして、どちらの推しが可愛いかを競い合っているのだ。

「おいおい、こんなところで喧嘩してんじゃねぇよ」

「あ、ギルドマスター……」

男たちよりも大柄のテロンさんがギルドから出てきて、みんなをなだめていた。テロンさんには、このギルドのマスターをやってもらっている。やはりベテランの職員は頼りになる。

「ギルドマスター、教官の方が美人だと思わねぇか？」

「絶対カトレアちゃんだよな！」

テロンさんはため息をついて、ぼそっと呟く。

「俺は……ティア派だ」

「「………………」」

第三勢力確認。

これはまた大騒ぎになるのではないだろうか。案の定流れた剣呑な空気に、近くで見ていた俺は、急ぎ足でテロンさんたちに近づいていく。

が……、

「お前ら、あの子らにいいとこ見せてえんだろ？　だったら仕事頑張れ。どんどんアピールしてたら、いつか振り向いてくれるかもなっ」

テロンさんの言葉に、男たちは頷きを返した。

「……よし。教官のために頑張ろう」

「カトレアちゃん……見ててくれ！」

男たちはギルドへドドドッと駆け込んでいく。俺は走る足を緩め、ゆっくりテロンさんに近づく。

テロンさんは俺に気付き「よっ」と手を挙げてきた。

「しっかしアルの言った通りになってきたな」

「何がさ？」

「コミュニケーションをしっかりできたら、組織は円滑に動くって話だよ」

「ああ。その話か」

テロンさんはギルドの塔を見上げながら、眩しそうに話す。

「前のギルド、お前がいなくなってからピリピリしてたから、こっちに来ても似たようなもんかなってほんのちょっぴりだが思ってたんだ。でも、根本の原因がコミュニケーション不足だって知って、お前の言う通りにやったらみんな気持ちよさそうに仕事をしてさ……いや、面白いもんだよ」

ニカッと笑みをこちらに向けるテロンさん。

「それに町もどんどんよくなってきてるし、まさかのギルドマスターにまで任命してもらってよ。毎日あらゆることを面白く感じてんだ。誘ってくれたこと、感謝してるぜ」

「感謝してるのはこっちの方だよ。面倒見もいいし、意志も強いし、ギルドを任せるならテロンさんしかいないって思ってたからね」

「ははは。また嬉しいことを言ってくれる。だけどお世辞じゃなくて、お前が『本心』を言っているから気持ちいいんだよな」

俺たちは笑い合い、ガシッと手を組んだ。

「な、なあ……」

以前に俺の部屋に乗り込んできた人たちが、おずおずと俺の元へとやって来た。

「どうしたの？」

「い、いや……その……」

俺は彼らが話し出すのを静かに待った。

「その……俺らにも、できることってあるか？」

少し照れた顔で、彼らは俺を見ている。

あの時交わした約束通り、町のみんなは強くなり、以前とは別人のように変わっていた。だから彼らもそれを見て、自分も変われるんじゃないか？　と、そう思ったのだろう。

俺は彼らの変化に嬉しくなり、笑顔で答えた。

「当然だよ。みんなにもできることはある。なんだってできるんだ。だからやりたいことを一緒に探していこう。俺はその手伝いをするよ」

「そ、そうか……じ、じゃあ俺も冒険者になりたい！」

「わ、私は――」

みんなそれぞれ、自分のやってみたいことを口にしていた。テロンさんも嬉しそうにその人たちの話を聞いている。

本当にこの町は変わった。人だけでなく、町の様相も変わっているのだ。建物も増えてきて、人の笑顔も増えてきている。以前はペトラの店くらいしかまともな店がなかったのに、いつの間にか商店もちらほら増え、当然のように売り買いが行われていた。つまり、ギルドの仕事を回すことで、町に経済が生まれていたのだ。

こんな当たり前のことが、すごく嬉しくて。俺は一人静かに心を躍らせていた。

「あ、あの……」

「ん？」

おずおずと話しかけてきたのはロイだった。何か言いたげにもじもじした後、意を決したように俺を見る。

「この前言っていた、僕でも安全に戦える場所に連れていってほしいんですけど……」

「ああ。そうだったな」

俺は自信なさげなロイの姿を見て、思案する。

今のこの子でも勝てそうなモンスターと言えば……スライムぐらいか？

そう思った俺は、マーフィンの近くへと空間を繋ぐ。草原にピョンピョン飛び跳ねるスライムを見つけ、俺はロイに指示を出す。

「ほら。あれならお前でも勝てるんじゃないか？」

「ス、スライム……頑張ります！」

ロイはゴクリと喉を鳴らし「うわー」と叫びながら素手で突撃する。

みんなどんどん変化していく。ロイだって、変わっていけるはずだ。

スライムとの戦闘は、その第一歩なんだ。

「うわ……うわ――――――！」

「…………」

スライムの体がビヨーンと伸びて、鞭のようにロイの顔面を叩く。ロイはゴロゴロと大地を転がり、スライムにのしかかられていた。

「ア、アルさん……たすげでぐだざーい!!」

ロイはボロボロ涙を流しながら、俺を見ていた。

スライムに負けるってどんだけ弱いんだよ……何もできなかった頃の俺でも勝てたんだぞ。まあ、【神剣】もないし、子供のロイにはまだ難しかったのかな。

俺は呆れながらスライムを追い払い、ロイを助けた。

嗚咽《おえつ》しながら涙を流すロイ。

「うーん……」

この子を強くするにはどうしたらいいかな……町を復興させようと考えてからの、一番の難題かもしれない。

答えが出ないまま、俺は草原でうんうん唸っていた。

やがて腹が減ったので、とりあえず食事でも摂ろうかと、ロイを連れてマーフィンへ入った。

店を探しつつ、ロイを慰めながらマーフィンの広場を歩いていた時、

「おい、もうマーフィンには来るなって言ったよな？」

厳しい声を投げかけられたので立ち止まると、ゴルゴが顔をピクピクさせながらやって来るのが

見えた。

なんて間の悪い。お互いに不運な時に会ったものだ。

「あー……言ってたな」

「じゃあなぜ来た？」

「それはお前が勝手に言ってただけであって、俺は約束したわけでも承認したわけでもない」

「……潰す。絶対にぶっ潰す」

下品な指輪を八つ着けた指をコキコキ鳴らすゴルゴ。殴り合いの喧嘩なんてまた面倒な。

俺は、はあーとため息をつき、相手の出方を窺った。

「………………」

ゴルゴは鼻がくっつくほど俺に接近する。

「ほう、スライムにも勝てない元職員が、えらく自信のありそうな面構えになったじゃないか」

「まぁ、今は自信しかないかな」

「……面白い。お前はただぶちのめしただけじゃ、心が折れなさそうだ」

ゴルゴは俺から離れ、その場を立ち去ろうとする。

「いいか。どんな方法を使っても、俺はお前をぶっ潰す」

「ははは。じゃあ俺はやられないようにできる限りの抵抗をするよ」

「……ちっ」

ゴルゴは苛立ちを隠そうともせず、近くにあった商店の果物を蹴り飛ばしていく。

店の人は困った顔をしつつも、相手がゴルゴだと分かると黙って果物の処理をしていた。

「……帰ろっか」

◇◇◇◇◇◇◇

興を削《そ》がれた俺たちは、ローランドに戻って酒場に来ていた。

ギルドの横に建てられたそこでは、ペトラの妹のルカが働いている。まともにお金を払うようになったことで料理も酒もグレードが上がっているので、以前は飲んだくれしかいなかった店は大繁《はん》盛《じょう》となり、昼間でもカウンター席しか空いてない状態だ。

カウンター席に座るロイはルカがいるせいか緊張でガチガチになり、俯いたままだった。

こいつはどこにいても俯いているんだなぁ。

「あ～アルさん～」

のんびりとした口調で、ルカが声をかけてくる。

「ロイもいらっしゃ～い」

「いい、いら、いらっしゃいましたっ」

どれだけ緊張してんだよ。真っ赤になってルカと目を合わせようとしない。

俺は適当に食事をルカに注文し、ロイと会話する。

「で、あの子が好きなんだろ。どうやってアピールするつもりなんだよ？」

「すすす、好きってわけじゃ……ないわけではないですけど……」

耳まで赤くしてロイは続ける。

「……でも、弱い僕なんかじゃ、振り向いてくれませんよね……」

「別に腕っぷしなんかはどうでもいいんじゃないの？」

「え、どうでもいい……んですか？」

「問題は心の強さだと俺は思うよ」

「心……」

ロイは自分の胸辺りに手を置き、話を聞いている。

「強くなれないのも心が原因だと思うし、相手に振り向いてもらえないと思うのも、心次第だ」

「…………」

『髪型より、心を整えろ』そんな格言もあるぐらい、心を整えるのは大事なことだ。まずはロイ自身、心を整えて、それから事に当たった方がいい。何をするにも結果が違ってくるから、心を強く持ってみなよ」

まぁ、今すぐできるかは別問題として、心を強く持つことができればロイだって変われるはずだ。誰だって変われるんだ。

俺はそれを伝えたいのだが……やはり、ロイは俯いてばかりいた。

「…………」

しかしスライムにやられてしまうほどの弱さとは……この子はどれぐらいのステータスなのだろうか。

【鑑定】で確認したいな……。そう考えた時、丁度ティアが戻ってきた。よし。ティアがいたら【鑑定】を使えるぞ。

俺は【鑑定】を使用し、ロイのステータスを視認する。

ロイ・ロンドニック
ジョブ：プリースト　レベル：1　HP：5　FP：1　筋力：1　魔力：1　防守：1
敏捷：1　運：1
スキル：可能性の卵

弱っ！

まさかここまでひどいとは……想定外もいいところだ。

そもそも戦いに向いていない、補助が得意なプリーストのジョブで、レベル1ではスライム相手に戦うのも難しいか。これでは剣のジョブスキルは習得できないし、誰も彼のジョブについて教えてくれなかったのか。

でも、一つ気になる点がある。それは【可能性の卵】なるスキルだ。【プリースト】のジョブスキルではない、いうなれば個人に発現するユニークスキルというものだろうか。

俺はこのスキルを【鑑定】で確認することにした。

可能性の卵：辛《つら》く険しい道を与えられる代わりに、羽化するまでその道を歩み続けることができたのなら、強大な力を与えられる。

彼の初期能力の低さと成長が遅いのはこのためだろうと理解する。もしも、その殻を破ることができれば……ロイはどれだけ強くなれるのだろうか。

「………………」

今、それを彼に教えても混乱するだけだろう。だから俺は、あえて黙っておくことにした。

◇◇◇◇◇◇

その日の夜のこと。

ティアは錬金術の指導に、カトレアは町の見張りをしに外出していた。

自室には俺とローズ、二人だけだった。

「毎日ご苦労さんだね。またみんな強くなったらしいじゃないか」

「はっ！　アルベルト様の剣となるよう、しっかりと教育しております」

ローズは背筋を伸ばし、キリッとした表情でそう答えた。

「俺のためじゃなくてもいいんだけど……まぁ、ありがとう。助かるよ」

「恐縮であります！」

「………………」

ローズはいつも真面目で堅苦しい雰囲気だけれど、こんなので疲れないものかな。

そこで俺は、ローズが喜ぶものはなんだろう、と考える。肩ひじ張らず、素直に喜んでくれるものがあれば、気も休まるのではないか。

「そう言えば、ローズとカトレアには、何も返せていなかったな」

「滅相《めっそう》もございません！　私はアルベルト様のお役に立てればそれだけで十分でありますから」

さすがはティアの妹……なんていい子なんだ、ローズ。ティアは美味しい物を提供したら喜んでくれたが……ローズはどうだろうか。

「何か食べたい物はないか？　欲しい物とか」

「食べたい物でありますか……いいえ、特にありません」

ティアも基本的に食事は必要ないって言ってたしなぁ。うーん。だったらローズが喜んでくれるものって……なんだ？

全然思いつかない。ただで働いてもらうのは俺の信条に反するし、何かお返しを与えてあげたいんだけどなぁ。

「……あ、あの、アルベルト様」

「え、何？」

ローズはキョロキョロ周囲を見渡しながら、俺に言う。

「その……こんなこと無礼になりますし、アルベルト様のお役に立てるだけで私は構わないのですが……あの、ご無礼でなければお願いしたいことが一つだけあります」

「お願いしたいこと？　なになに？　遠慮なく言ってくれ。俺ができることならなんでもしてあげようじゃないか」

俺は揚々として、ローズの言葉を待った。

ローズはずいぶん迷ったあげく、ようやく口を開く。

「あ、甘えてもよろしいでしょうか……」

「甘える？　それぐらい別にいいけど」

「そ、そうですか……」

快諾《かいだく》されたことに、ローズはむしろ戸惑っているようだ。甘えるぐらいなんてことないのに。

まぁ、普段のローズのことを考えたら、そんなキャラじゃないし気にする、かな？

だけどローズが甘えたいと言うのならば俺はドーンと受け入れるだけだ。

それぐらい別にどうということはない。

すると。

「――アルベルト様っ！」

ガバッとローズは俺の胸に飛び込んでくる。俺はよろけてベッドに座り込んだ。

「アルベルト様アルベルト様ぁ。私毎日アルベルト様のために頑張ってるんですよぉ。自分も強くなったし、みんなも強くしたし、全部アルベルト様のためなんですぅ」

「…………」

ぐりぐりと頭を俺の腹に押し付けるローズ。

「ねぇねぇ褒めて褒めて。私の頭をよしよししながらいーっぱい褒めてくださーい」

「よ、よしよし……」

「んふふふふ」

ローズは大きな尻尾を動かしながら、普段の彼女からは考えられないほど、強烈に甘えている。

あれ？　この子ローズだよな？　カトレアと入れ替わってるとか？

頭を撫でられて満面の笑みを浮かべる彼女を見て、俺は首を傾げる。

いや、可愛いんだけどさ……本当にローズか？　そう思っても仕方ないくらい、今のローズは普段のイメージとかけ離れていた。

「アルさん、入るよ」

扉がコンコンとノックされる。するとローズは光の速さで俺から離れ、姿勢を正し、キリッとした表情で扉に向かって声をかける。

「入れ」

「…………」

ガチャッと扉を開けた男は、ローズを見るなり敬礼をする。

「これは教官どの。こちらにいらっしゃいましたか」

「ああ。で、なんの用だ？　話なら私が聞こう」

「…………」

いつも通りのローズだった。

だったらさっきの子供みたいに甘えてきたのも……ローズで間違いないんだよな。

俺は彼女の新たな一面に少し驚き、ちょっぴり笑みを浮かべてローズの顔を見る。

ローズは俺の視線に気付き、少しだけ頬を染め、真面目な顔で男と会話を続けていた。

第五章

「四害王《しがいおう》？　なんで四害王が……」

俺はレイナークの兵士と、ギルドカウンターの前で会話をしていた。

なんでも、レイナーク相手にモンスターが宣戦布告してきたようだ。

「じ、自分もよく知らないのですが……相手は四害王の一人、滅殺《めっさつ》のブラットニーとのことです」

「宣戦布告って……なんで魔物がそんなことするんだろう」

「分かりません。ですが、直接受け取った兵士の証言によれば、ほぼ間違いなく、魔物であったと」

四害王は、並み居るモンスターたちの中でも飛び抜けた実力と知能を持つ、別格の存在だ。通常、モンスターは独自の思考と本能で行動し、人を襲う。群れのボスはいても、それはとても野性的な上下関係でしかない。

だが、そのモンスターたちも、上位の存在である四害王の命令は何よりも優先して従う。たとえそれが集団で人里を襲うというものであったとしても……。

奴らは本人の危険度も飛び抜けていて、最高のSクラスに位置している。これは、ギルドの英雄とされるベテラン格冒険者をして、「Sクラスのモンスターと出遭った時は諦めて死ね」と言われるほど。そんな王が、四体も存在しているのだ。

そうか、と納得した。レイナークを襲ったデビルグリズリーの集団も、恐らく四害王が命令を下したのだろう。

滅殺のブラットニーとやらのことは俺も知らないが、そいつは強力なモンスターをレイナークに攻め込ませる、とわざわざ布告してきたようだ。なぜ、そんなことをするのかは分からない。

人間同士の争いではないし、ルールなどないのだから、何か奪うつもりなら勝手に攻め込んだ方がどう考えても自然なのに。

考えれば考えるほど分からなくなる。真実が逃げまわっているように、答えが掴みきれない。

「……分かった。とりあえずローランドの総力をあげて協力するよ」

「ありがとうございます！　ローランドの冒険者たちの強さは有名になっていますからね。こんなに心強いことはない！」

喜び勇んだ兵士は軽い足取りでギルドを後にする。

「アル、さっきの話、いつだって？」

「ああ。一週間後だってさ」

近くで聞き耳を立てていたテロンさんが俺にそう訊いてきた。

「しっかし妙な話だよなぁ。攻めることを伝えてくるなんて、行儀がよ過ぎやしないか？」

「だよね。なんだか裏がありそうな気がするんだけど」

「……何もなければいいんだけどな」

◇◇◇◇◇◇◇

塔の隣の大きな建物。以前はみんなここで寝泊まりしていたが、現在は家が建ち始めたので、部屋にも空きが出てきていた。そこで今は町の商店の本拠地として利用している。

この間までは部屋に仕切りがない、吹き抜けの広い空間だったが、今は区切りや上階などを設置し、きちんと部屋ができていた。

その中の一つに、アイテム製造をしている人たちが集まる部屋がある。

そこではティアがみんなに錬金術を指導しながら働いていた。

「ご苦労様。みんなの様子はどうだ？」

「さまにはなってきております。みなさんやる気があるので覚えるのも早いですね」

ポーションなどを製造し、それを町の店や他の町で買い取ってもらいお金を稼いでいる。

ここは女性が多く、和気藹々《あいあい》とした雰囲気で仕事をしていた。

「来週、レイナークで大きな戦いがあると思うから、そのつもりでいてくれ」

「かしこまりました。ローズらにもそう伝えておきます」

「頼んだよ」

その場を後にし建物の中をぶらぶら歩いていると、一人の女の子が泣いているのを発見した。

「どうしたんだ？」

「あのね、お父さんがレイナークに行ったっきり帰ってこないの」

「お父さんが……」

この子はミュウ。確か、レイナークに商品を運んでいる人の子供だ。

「いつから帰ってこないんだ？」

「昨日から帰ってこないの……」

レイナークは早朝に出れぱその日のうちに帰ってこれる距離だ。

それが昨日から帰っていないとなると……何かあったのか。

「……よし。俺が様子を見に行ってくるよ」

「あ、ありがとう、アルお兄ちゃん！」

「いいよいいよ。その代わり、笑顔で待っていてくれ。ミュウがずっと泣いていたら俺も心配になるからね」

「うん。分かった！」

そう言ってミュウは無邪気な笑顔を俺に向ける。

俺もミュウに笑顔を向け、その場を去った。

建物から出てレイナークと空間を繋げようとすると、ジオがなんとも嬉しそうに駆け寄ってくる。

以前までジオは薄汚い服装をしていたが、今は動きやすそうな毛皮の服を着ている。俺がウルフの毛皮で作ってやった物だ。もちろん見栄えだけでなく、強さも段違いになり、ギルドでも重宝《ちょうほう》されるれる存在となっている。

「アニキ！　どこか行くんすか？」

「…………」

俺はジオを見てとあることを思い付く。

そしてジオの背中を押しながら穴をくぐり抜ける。

「ちょ、どこ行くんすか？」

「いいからいいから。黙って付いてきなさい」

レイナークでローランド産の道具を卸してくれている店に行った。

俺が王都に何度も貢献しているので、喜んで取引をしてくれている店だ。扉を開くと、立派な内装といくつも並んだ棚に置かれた色とりどりのアイテムが目に入る。

「すいませーん」

「はい、いらっしゃい……って、アルさんじゃない」

おかみさんが笑顔で俺を招き入れてくれる。

「商品を運んでくれてる人がいるんだけど、まだ帰ってこないんだ。おかみさん、何か知らない？」

「ええ？　昨日、品物届けに来て、元気にローランドへ帰っていったよ」

「そう……ありがとう」

納品を済ませたってことは、帰り道で何かあったのか。

「よし。ローランドに向かってみるか」

「えええ……面倒っすね」

俺は嫌がるジオの背中を押して、レイナークの外まで移動した。

◇◇◇◇◇◇◇

「うっひゃー！　メチャクチャ気持ちいいっすね！」

ティアをレイナークに呼び出し、ブルーティアのバイクモードで草原をビュンビュン疾走する。

強い風を肌で感じながらミュウのお父さんを捜していた。ジオはブルーティアの速さに感動し、後ろで大はしゃぎしている。

「楽しい気持ちはよく分かるけど、お前もちゃんと捜してくれよ」

「了解っす了解っす。くまなく捜させてもらいますよっ」

キョロキョロ周囲を見渡すポーズを取るジオ。人捜しよりバイクの方が楽し過ぎるようで、まだ感激した様子で笑っている。

『ご主人様、あれを』

ティアが見つけたのは、壊された馬車だった。

モンスターにでも襲われたのだろうか、馬はどこかに逃げ出したようで、もう姿は見当たらない。

「あ、アニキ、中に人がいますよ」

「中に？」

俺はブルーティアを停め、壊れた馬車の中を確認する。

「…………」

瓦礫の中に覗いたのは中年の男だった。何度か姿を見ているから分かる。彼がミュウの父親だ。

意識は朦朧《もうろう》としているが、生きている。手元には水があり、それを飲んでなんとか生き延びていたようだ。

俺は怪我に響かないように、慎重に馬車の残骸を取り除いていく。一瞬で壊すだけの力はあるが、こうやってゆっくり剥がす作業は緊張するな。やがて全て板を取り除くと、怪我をしたミュウの父親が現れた。

「……命に別状はないみたいだな」

「そのようでございますね」

ホッとため息をつき、俺はジオに指示を出す。

「ジオ。お前が助けてやってくれ」

「え、俺っすか？　アニキの方が力もあるし適任なんじゃ……」

「いいからいいから。お前が背負ってる方が都合がいいんだ」

「はぁ……？」

釈然としない表情で、ミュウの父親を救出したジオは、彼を背負って俺が開いた【空間移動】に入っていった。

ジオはどうもチンピラっぽさが抜けてないからな。これも更生のために必要なことだ。

見るからに重たそうな足取りでギルドへ戻ったジオは、カトレアの前に来た。

「アル様～。その人ですか？」

「ああ。治療を頼むよ」

カトレアは【回復】のスキルを習得しているので、他人の傷を癒やすことができる。床に寝そべらせると、カトレアが【ヒール】を発動させた。

「う……ううう……」

傷が少しずつ塞がっていく。意識はまだ戻らないが、顔色がよくなっていた。

「………」

ジオは治療の様子より、自分の服に付いた血ばかりを気にしていた。まだ自分が何をしたかの実感もないのだろう。

「お父さん！」

ティアに話を聞いたミュウがギルドへと駆け込んできた。

「お父さん、お父さん！」

「大丈夫だよ。もう心配ないからね」

「うん……ありがとう、アルお兄ちゃん！」

ミュウは涙を流しながら笑顔でそう言った。

「……お礼は、こっちのお兄ちゃんに言ってやってくれ。お父さんを助けて運んでくれたのは、あいつだから」

「え？」

俺の言葉にキョトンとするジオ。ミュウはジオの前に立ち、ペコッと頭を下げる。

「ありがとうお兄ちゃん！　お父さんを助けてくれて」

「お、おお……」

ニッコリ微笑むミュウに、照れるジオ。

俺は彼の隣に立ち、ジオに話しかける。

「どうだ？　悪い気はしないだろ？」

「……そ、そうっすね」

ジオは照れて鼻を掻いた。

「これが人を助けるということだ。なんとも言えない喜びを感じないか？」

「ま、まぁ……」

まんざらでもないといった顔のジオに、俺はくすりと笑う。

チンピラだったジオは奪うこと、戦うことしか知らない。そこが、ボランとの決定的な違いだ。

だから彼に、成功体験を与えて、人を助けるということを知ってほしかった。

「強い者が弱い者を喰うんじゃなくて、強い者が弱い者を助ける。それが本来の人間のあるべき姿だ。弱肉強食なんて野蛮な考えは捨てて、俺と一緒に人間らしい生き方をする気はないか？」

「……助ける、すか」

「人を傷つけるだけじゃ得られない感動を、あの子から貰えただろ？　それがこれからも誰かを守ることで得られる報酬だよ」

ジオは真剣な顔でミュウの横顔を見つめ、ポツリと呟いた。

「……悪くないかもっすね」

「だろ？」

俺はジオの背中をパンッと叩く。

「お前ならきっと変われるよ。俺はそう信じている。ローランドはもう人を傷つけ、奪って生きていくような町じゃない。これからはお互いに助け合って生きていかないと。なっ」

「……うっす」

ジオがどれだけ分かったのか。それは俺には分からない。

だけど、今回のことがジオにとってのターニングポイントになってくれたらと、俺は願う。

生まれ育った環境のせいで悪党になったが、きっと優しい世界を知れば彼も変わるはずだ。

俺はジオのなんとも言えない、むずがゆそうな表情を見ながら、くすりと笑った。

◇◇◇◇◇◇

一週間後。

天気はよく、太陽が必要以上に燃えている朝。

「じゃあボラン、カトレア。町の守りを頼んだよ」

「任せとけ！　俺が全員守ってやるからよ！」

「は〜い。私アル様のために頑張りま〜す☆」

「俺のためじゃない。みんなのために頑張ってくれ」

ローランドをボランとその仲間たち、そしてカトレアに託して俺たちはレイナークへと向かうことにした。

「四害王……強力なモンスターを送り込むってことらしいけど、大丈夫か、ティア」

「はい。ご主人様がいれば、どんな敵が来ようとも問題はありません」

「俺もティアがいれば、負ける気はしないよ」

俺の横でニコリと笑うティア。やはり、ティアが一番頼りになるな。

ローズが空間を広げ、レイナークへの進軍が開始される。

鍛え上げられたローランドの冒険者たちが堂々とした面持《おも》ちで隊列をなし、不敵な笑みを浮かべながら歩いていく。

本当に心強くなったよ、みんな。

俺も仲間たちに続き、空間の穴を通ってレイナークへ移動した。

王都の城門前に到着すると、集まっていた戦士たちが、俺たちの姿を見てひそひそと話し出した。

「おい、ローランドの冒険者たちだ……」

「最近メキメキ強くなって、難易度の高い仕事もしっかりこなすらしいじゃないか」

「ローランド……この間まで貧乏で荒れ切った町だったのに……それを立て直したのが――」

「アルベルト・ガイゼル」

周囲の兵士や冒険者の視線は、どうやら特に俺に注がれているらしい。

なんで俺がこんなに注目を浴びているのだろう。俺はいくつか仕事しただけで、他は全部冒険者たちの手柄なんだけどな。

城門前のどこまでも広がる草原には、上級冒険者に強そうな騎士たちも揃《そろ》っている。

前回デビルグリズリーと戦った時と比べると、みんなの気持ち的にも余裕を感じた。強い仲間がいれば、自然と士気も上がる。

大きな戦いを前に緊張は感じるものの、みんなデビルグリズリーの時のような怯えはなかった。

何より、あの戦いを生き延びたという自負もあるのだろう。

「アニキ、どんな敵が来るんですかね？」

「さぁ……まだ見当もつかないけど、無茶はするなよ」

「無茶するかどうかは分かんないですけど、相手を無茶苦茶にはしてやりますよ」

ジオは歯を見せて笑いながらそう言った。

こいつも頼もしくなったものだ。

到着してから30分ほど経っただろうか。突如、ドッドッドッと大地を伝わる揺れを感じた。

地震か？　いや、これは……。

「なんだ？　一体なんなんだ？」

「お、おい、なんだ、あれは!?」

周囲の戦士たちが騒ぎ出し、いち早く異変に気付いた者が声を上げる。

「……アルベルト様、あれを」

俺を呼んだローズの頬をツーッと一筋の汗が流れる。

彼女の示す方向に目をやり、俺も絶句した。

レイナークの北、草原の向こうから、モンスターの大群が現れる。デビルグリズリーの時も黒い威圧的な巨体が大量に草原にいたものだけど、今回はそれすら軽く超えている。

「……どれだけ来るんだよ」

俺はあまりの数に、乾いた笑いを漏らした。まるで、モンスターの波だ。草原を端から埋め尽くしていくような夥《おびただ》しい数のモンスターに、その場に絶望が広がっていく。

「……こ、こんな数、俺たちは勝てるのか？」

「お、俺こんなところで死にたくないよ」

奴らの狙いは間違いなくレイナークだ。

相手を視認した幾人かは、踵を返して逃げ出していた。無理もない。地平線の向こうから無数に湧き出すモンスターは、心を折るのに十分だ。

戦士たちは実力者であっても震えを隠しきれないようであった。

「ご主人様……これは想定外でございますね」

「想定外も想定外だ……どれだけの数を送り込んでくるんだよ」

「ア、アルベルトさん、どうすればいいだろうか？」

レイナークの冒険者が俺に縋《すが》るような声を上げた。泣き言を言ったところで、戦況は変わらないし、現実は残酷なのだ。

だったらやることは一つだけ。

「戦うしかないだろう」

「た、戦うったって」

俺はローズに視線を向けて、首を縦に振る。

ローズはそれに応え、ローランドの冒険者たちに向かって大声で叫ぶ。

「いいか！　貴様らは強い！　どれだけの敵がいようとも、我々に敗北はない！　貴様らの強さに加えて、我らにはアルベルト様が付いている！」

「「「イエス！　マム!!」」」

「決して押し負けるな！　気持ちで負けるな！　この戦い、必ず勝つぞ！」

「「「イエス！　マム!!」」」

ローランドの冒険者たちの目に覇気が宿り始める。

そして武器を手に取り、各々《おのおの》がスキルを解放し始めた。

彼らの異様な空気に、レイナークの戦士たちはゴクリと息を呑む。

そしてローズが手を挙げ、戦士たちに指示を出す。

「突撃せよ!!」

「「「おおおおおおっ!!!!」」」

戦士たちが駆け出し、その声がモンスター以上に大地を揺らす。

レイナークの戦士たちはポカンとそれを見ていたが、負けじと声を張り上げた騎士の命令で、それに続くように走り出した。

「ティア、ローズ。俺たちも行くぞ」

ティアはバイクモードに変化する。俺がブルーティアに跨《またが》ると、ローズはサブマシンガンモードに変形する。異世界の【銃】をさらに発展させた、【短機関銃】。ブルーティアのライフルモードが一撃の威力に優れるなら、俺の右手に収まったブラックローズは多くの敵を相手にすることに長《た》けている。

「ローズ。【銃】スキルを全開で習得。それから、今のステータスを表示してくれ」

『はっ』

神剣ブラックローズ・サブマシンガンモード
FP:5100　攻撃力:5100　防御力:0
スキル:銃10

サポート：収納　自動回収　通信　呼び出し　空間移動　成長加速10

ヒューマンモードを解放してから初めてブラックローズを武器として使うが、素晴らしいステータスを誇っている。

俺はアクセルを全開に吹かし、敵に向かっていこうとするジオに叫んだ。

「俺が先行する。生きて帰るために、無謀なことはするなよ！」

「了解っす！　だけどみんな血の気が多いんで、約束はできないと思いますよ！」

「とりあえず、みんな死ぬな!!」

俺の言葉にローランドのみんなが大声で応える。

ブルーティアを全速力で走らせ、風のように草原を突っ切ると、敵の姿がどんどん近づいてくる。

遠目からではいまいち認識できなかったが、ゴブリンにコボルト、オークやゾンビなどあらゆる種類のモンスターの姿が確認できた。

ある程度の距離まで走らせてから、ブルーティアを横向きに停めた。

車体の向きがモンスターの波に対して水平になる。

「よーし。行くぞ、二人とも」

『『かしこまりました』』

限界までアクセルを捻り、獣の咆哮《ほうこう》のような音と共にブルーティアが走り出す。そして、モンスターの端から一気にブラックローズの弾丸を浴びせてやる。

無数の弾丸は目では決して捉えられない速度で飛翔し、一瞬でモンスターたちに着弾した。

「ギョアアアアアッ！!!」

バラバラバラバラバラッとけたたましい音と共に、ブラックローズが放つ弾丸が、片っ端からモンスターを倒していく。

「す、すげー!!」

「アルさんはやっぱ違うな！」

「あれが俺たちの大将だ！　俺たちも続くぜ!!」

ローランドの冒険者たちは驚きと興奮に満ちた声を上げ、走る速度を速めていた。

そして、正面衝突する仲間たちとモンスター。

俺は攻撃の手を休めることなく、ブルーティアで戦場を駆け巡っていた。

「ははは！　泣く子も黙るアルベルトファミリーだ！　俺たちの恐ろしさを教えてやるぜ！」

ジオを筆頭に、毛皮の服を着た集団が勢いよく敵をなぎ倒していく。

というか、アルベルトファミリーはやめてくれ。俺が悪党の親玉みたいに聞こえるじゃないか。

半分ほど真実になってしまっているのがなんとも言えなくて辛い。

だが、ジオが名乗るアルベルトファミリーは戦場で一番勢いがあった。

そしてジオは戦場の誰よりも速かった。モンスターが反応できないほどの速度で、縦横無尽に斬り倒していく。

「行くぜ、野郎ども！」

「「「おおっ！」」」

数では圧倒されていたものの、ジオたちは気迫で押し返している。

今の彼らは、気持ち的にも実力的にもモンスターたちを凌駕していた。

「つ、強い……ローランドの男たちは強いぞ！」

「いつの間にこれほどの実力を……！」

ジオたちの力に仰天しているレイナークの男たち。

もし今すぐレイナークと戦ったとしたら、ローランドは勝利を収めることができるのではないだろうか？

そう感じられるぐらい、差は歴然であった。

俺はブルーティアで駆けながら時おり聞こえてくる会話に感動していた。やはり人間やればできるのだ。元々ただのチンピラ集団でしかなかった彼らが、一目置かれる戦士に成長することだってできた。

本気になれば、できないことなんてない。

「アニキはすげーな。でも、俺も負けないぜ！　【バインドエッジ】！」

ジオは逆手に持った短剣で、モンスターに傷をつけていく。

するとモンスターたちは、麻痺《まひ》し痙攣《けいれん》を起こし始める。

「うおおおお！」

動きが止まったモンスターを、男たちが斬り倒していく。

これはジオたちが考えた連携だ。ジオのスキルでモンスターを麻痺させ、続く仲間たちが一気に倒していく。ジオのスピードと彼らの連帯感があるからこそ成り立つ連携は、面白いほど型にはまり、モンスターはどんどん倒れていく。

（アル様！　アル様！）

突如、カトレアの声が頭に響く。俺は攻撃の手を休めることなく、彼女に応答する。

（どうした、カトレア？）

（ローランドに、モンスターの大群が現れたんです！）

ブルーティアを停めて、俺は会話に集中する。

（ローランドに……？　大群ってどれぐらいの数が来たんだ？）

（分かりませんけど……こんな数、私たちだけじゃ持ちこたえられませんよぉ！）

（……分かった。一度そっちに――？）

カトレアに帰還の返事をしようと思った矢先、ズシーン、ズシーンと大きな地響きが鳴り響く。

「……な、なんだあれは……」

「でけー……」

モンスターたちの後方から驚くほどゆっくりとした足取りでこちらに向かってきている巨大な影。

ドラゴンのような頭に亀の甲羅。

胴体と四本の足は岩のように固そうで、見るからに屈強である。

その体は凄《すさ》まじく巨大で、10メートルをゆうに超えていた。

奴の名はギガタラスク。

強固な装甲にパワーを併せ持った上位のAクラスモンスターで、これに近寄る冒険者は愚か者の称号を問答無用で与えられるという。

「こんなモンスターまで用意してたのか……」

そして問題はギガタラスクだけではなかった。

後方に行くにつれ高ランクモンスターが配置されているのが見える。軽く見ただけでも、Bクラスが当たり前のようだ。

「か、勝てるのかよ、あんな奴に……」

さすがのローランドの男たちも、ギガタラスクの姿を見て固唾を呑んでいた。

(悪いけど、もう少し持ちこたえてくれ。こっちも大変なことになっている)

(分かりましたけど、できるだけ早く帰ってきてくださいねっ。私はいつでも逃げられますけど、町のみんなが危険なので)

(ああ。分かってる)

なんでこんなタイミングでローランドにモンスターが現れるんだ……!?

それとも、誰かがこれを狙って仕掛けてきたとでもいうのか?

◇◇◇◇◇◇

ローランドを守る、ボラン率いる自警団がモンスターたちを待ち構えていた。

ザッザッザッと早くもなく遅くもない速度でモンスターはローランドへと近づいてくる。

「た、隊長……ヤバくないですか?」

「ああっ!?　そんなことは分かってんだよ！　だからって逃げられるわけねえだろ！」

「だ、だったらあんな数、どうするんですか？」

何百という数のモンスターの目が怪しく光って見え、それに怯える自警団の男たち。

だがボランは違った。彼の目には確かな意志が宿っている。

何があろうと、折れることのない鋼鉄の意志が。

「ああっ⁉　決まってんだろ……ただ町を守るだけだろうが！」

背中から盾を取り、右手に剣を構える。

どっしり腰を下ろす構えを取り、ボランは敵を睨み付けた。

「簡単に抜けると思ってんじゃねえぞコラッ！」

ローランドの外を守るのはボランを含め計18人の男たち。

カトレアは町の中心、ギルド前で【テイム】したスライムたちに命令を出す。

「じゃあみんな、アル様のために頑張って町を守ろうねっ」

カトレアは【テイマー】のスキルを習得しており、モンスターを使役《しえき》することができる。

彼女の下にいるモンスターはどこから見つけてきたのかは分からないが、全部白いスライムであった。そのスライムたちは、町を囲むようにピョコピョコ四散していく。

「ここで町を守ったら、アル様も私のことを褒めてくれるはず。いししっ」

ニヤリと、普段誰にも見せないような悪い笑みを浮かべるカトレア。

そしていい具合に分散したという報告がスライムたちから入り、スーッと息を吸い込んだ。

「【結界《セイフティウォール》】」！

その言葉と共に、カトレアの身体から稲妻が走り、スライムたちに向かって走り出す。

スライムに稲妻が届くと、町を取り囲むよう侵入不可の障壁が発生する。

「戦いには参加できないけど、これで町を守れる……けれど、長時間は保《も》たないから早く帰ってきてくださいね、アル様」

カトレアはここにはいないアルを思い浮かべ、そう言葉を漏らした。

「これなら後ろを気にしないで戦えるじゃねえか！　よっしゃ！　かかってこいや！」

ローランドに迫りくるモンスターは、Ｃクラスモンスターばかりであった。

レイナークを襲ったデビルグリズリー。鷲《わし》の頭と翼にライオンの胴体を持つグリフォン。赤い皮膚で人間を大きくしたような体型に二本角が生えたレッドオーガ。

それらが殺気を放ちながらも悠々と歩いてくる。まるで獲物を追い詰める狩人の余裕を見せるかのように。

走らず、ただ着実にその距離を詰めてきていた。

「ううう……Ｃクラスモンスターばかりだ……」

「てめえらは強いだろうが！　今までだってＣクラス相手に勝ってきたんじゃねえのか!?」

怯えを漏らした男に、ボランが檄《げき》を飛ばす。

ローズらの訓練に参加してきた彼らは、Ｃクラスモンスターを何度も討伐してきたのは事実だ。

しかし、男の怯えも理解できる。何せ敵はとにかく数が多い。

訓練なら絶対に目にしない、何百というモンスターが目の前にいる。

それだけの事実で、どうしても体が震え出すというものだ。

「だけどよぉ、俺らが気合入れねえと、みんな死んじまうんだぞ」

「エイドルフ……」

そう言ったのはボランの右腕とも呼べる存在であるエイドルフという男だった。

黒い髪をボランのように逆立て、左目についた深い切り傷で片目の視力を失っているが、槍の名手であった。

ボランと同じ鎧の腹をドンと叩く。

「ビビッていても死ぬだけだ。気合入れろ。腹を括《くく》れ。ここを守れるのは俺たちしかいねえんだ。町のガキも女も、死んじまっていいのかよ」

男たちはハッとし、町に住むみんなのことを思い浮かべる。

「……そうだった……俺たちはみんなを守らないといけないんだ」

「そうだ！　俺らの仕事はみんなを守ってやることなんだよ！　アルが来るまで気合入れろや！」

「「おおっ」」

モンスターはその姿をハッキリと確認できるほどまで距離を詰めてきていた。

そして――堰《せき》を切ったようにモンスターたちは駆け出した。

「来るぞ！　死ぬ気で守んぞオラァアア！」

「おう！」

ボランを筆頭に、男たちも駆け出した。

衝突するボランとモンスターたち。数の上では圧倒的に負けているが、決して気迫でも、そして実力でも引けを取ってはいない。

「【シールドバッシュ】だオラッ！」

ボランが凄まじい威力の【シールドバッシュ】を放つ。

盾で殴りつけられたデビルグリズリーは首の骨を折り、フラフラと体勢を崩した。そこを逃さず、エイドルフが槍で突き刺す。

エイドルフはニヤリと笑い、ボランを褒め称《たた》える。

「さすがボランだ。デタラメな威力してやがる」

「デタラメぐらいじゃねえとみんなを守れねえだろうが、ああっ!?」

重厚な鉄の盾は、ボランの腕力と技術でもってすれば立派な鈍器となる。もちろん本来の使い方ではないが、ボランは守りながら倒す戦い方を得意としていた。

持てる最大の力で盾を振り回し、敵を殴りつけていくボラン。その荒々しい戦い方に、仲間たちは呆れつつも安心感を覚えていた。

共に戦う仲間たちさえも守るという気迫を発し、勇猛果敢にモンスターに立ち向かうボラン。それは仲間たちから見れば、心強いことこの上なく、数の暴力など物ともしないほどに勇気づけられていた。

決して心が折れることなく、モンスターとの激戦を繰り広げるボランたち。

……だが戦いは熾烈《しれつ》を極め、男たちは次第に圧《お》され深手を負う者も出る。

虚勢を張っていても、人間である彼らは、動けなくなる限界が来るのも早い。

「くっ……負けるかよ！」

「俺らが負けたら、みんながヤベえんだ！」

デビルグリズリーの引っ掻き傷やグリフォンの嘴《くちばし》に抉《えぐ》られた傷。レッドオークの持つ棍棒に殴ら

れた者もいる。

男たちは勢いを失っていき、徐々に後退を始めた。

「み、みんな……」

町の入り口、【結界】内から、戦えないペトラや町人たちがボランたちの戦いを見届けていた。

「頑張って！　ボラン！」

キャメロンが面倒を見ている子供たちが心配そうにボランの名前を叫んでいる。

「心配してんじゃねえよ、ああっ⁉　てめえらは絶対に守ってやっからよ！」

そう言って、レッドオーガの胸に剣を突き刺すボラン。

ボランだけは傷も少なく、モンスターたちと対等以上に戦闘を続けていた。

「ボ、ボラン……俺らは限界だ。後はお前の盾代わりにしかなれねえ」

折れた槍を敵に向けながら、傷だらけのエイドルフはそう言った。

「……てめえらが俺の盾になんてなれると思ってんのかよ？」

「な、なんだと……」

ボランの言葉にムッとするエイドルフ。

「俺が……てめえらを盾にするわけねえだろうが！　俺がてめえら全員まとめて守ってやる！　盾になるのは、俺なんだよ！　分かったかコラッ！」

「ボ、ボラン……」

エイドルフたちはボランの背中を見つめ、目頭を熱くし、心を震わせていた。

ボランは一歩前に出て、エイドルフたちへ怒声にしか聞こえない声で言う。

「てめえらも町に避難してろや！　俺が町もてめえらも、何もかも守ってやるからよ！」

◇◇◇◇◇◇

依然として、俺たちはモンスターを攻め押していた。

ジオを筆頭に実力者揃いのローランドの冒険者たち。

レイナークの戦士たちもそれに負けじと奮闘している。

『ご主人様、あれをどういたしますか？』

「ああ……俺たちで相手をするしかないだろう」

俺はブルーティアを一度停め、ローズにヒューマンモードになってもらう。

彼女には、俺と離れた場所で役目を負ってもらうのだ。

「ローズ、指揮は任せた」

「はっ！　ご武運をお祈りしております！」

ローズはジオたちの元へと駆けていき、鞭でモンスターを薙ぎ倒していく。

彼女の強さもひときわ目立ち、その容姿から目を離せないレイナークの男たちが数人いた。

「び、美人だ……」

彼女にアピールしようと張り切り出すローズ派の男たちもいる。戦場に咲く一輪の花といったところか。彼女の存在は、疲れを見せ始めていた男たちに活力を与えた。

「教官！　自分、頑張っておりますので見ていてください！」

「てめえ、抜け駆けすんじゃねえ！　あ、自分も頑張っておりますから！」

「無駄口を叩く暇があればさっさと敵を倒せ！　貴様らが頑張っていることぐらい、把握している！」

「「「……イエス！　マム！」」」

男たちはなんとも嬉しそうにモンスターを退治していく。う～ん、なんだか変な方向に行っている気もするけど……まあいいか。

俺はその様子を見届け、アクセルを回す。

モンスターたちを迂回しながら、ギガタラスクに近づいていく。

が、俺を追いかけてくるモンスターも多数いる。

「面倒だなぁ」

『蹴散らしていきますか？』

「ああ。そうしよう」

進行方向を変え、モンスターたちを踏み付けてブルーティアは空中に飛び上がった。ソードモードに変形し、俺の手に収まったブルーティアを大きく振りかぶる。

「【ソニックストライク】！」

敵の密集している地帯の向こうにいるギガタラスクを狙って真空の刃を放つ。

モンスターは不可視の刃に両断されていき、そこに一本の道が出来上がった。これで、ギガタラスクまで直行できる。

俺は着地し、ギガタラスクのいる方へ全力で駆け出す。だが、当然ながらモンスターは俺に向かって全方位から雪崩《なだ》れ込んでくる。

俺はくるくる体を回転させながら【ソニックストライク】を連続で放つ。近づいてはドンッと勢いよく吹き飛んでいくモンスターたち。

ジオたちが俺の戦う姿を見て何か驚きに満ちた声を上げていたが、それを無視してとにかく突き進む。

そしてギガタラスクの目の前にまで到着し、俺はその巨体を見上げた。

「さてと……どうやって倒すかな」

◇◇◇◇◇◇◇

「ボラン……ボラン！」

【結界】の中へ避難した男たち、そして町人たちがボランに声をかける。

不安。恐怖。それ以上に、ボランを案ずる気持ちが、痛いほどに溢れていた。

町人たちは傷だらけになっていくボランの背中を、震えながら見守っていた。

「ああっ！　私もアル様に頼んで【空間移動】習得しとくんだった！　そしたらみんな連れて逃げられたのに……くそっ、くそっ！」

カトレアは相変わらずギルド前で【結界】を維持しており、その場から動けない。仕方なく、その場で地団駄を踏んでいた。

「ボラン……」

キャメロンが涙を浮かべながらボランの無事を祈っている。

「へっ……俺が死んでも、お前らは守ってみせるぜ！　だから……心配しねぇでそこで見てろ！」

剣は既に折れ、鎧もズタボロになり、盾は半壊していた。

頭から流れ出た血によって片目が塞がっている。

そんな状態でもボランの心は折れない。

たとえ自分に何があろうとも、町の人々を守ってみせる。

彼はそれだけを考え、モンスターの前に立ちはだかっていた。

「ボランさん……なんでそこまで……なんでそんな傷だらけになっても、こんな絶望的な状況でも、みんなのために戦えるんですか」

そうボランに問うのは、戦いに参加できず、【結界】の中で涙を流しているロイだった。

こんな悪夢のような状況の中でも、決して諦めないボランの姿に、ロイは心を打たれていた。

いや、心を打たれていたのはロイだけではない。

そこにいる全員が、ボランの姿に打ち震えていた。

「……毎日毎日、クソみたいな生き方してよ、クソみたいな町で、これからどうなっていくんだって思ってた。それがアルのおかげでまともな町になってきて、みんな笑顔になってよ……俺はただ、その笑顔を守ってやりてぇって思っただけだ」

「…………」

ギリッと歯噛みするボランは、眉間に寄せられるだけの皺を寄せる。

「町を燃やされた時の、みんなの絶望。忘れらんねぇんだよ……もう、あんな気持ち、味わわせたくねえし、味わいたくねえ。だから、俺は覚悟しただけだ！」

これまでのどうしようもないローランドと、町を燃やされた日のことを思い浮かべ、ボランは怒りを再燃させていた。

もうあんな惨めな日々はごめんだ。

もうあんな思いをみんなにさせたくない。

もう絶対にみんなを、悲しませたくない。


だからボランは覚悟を決めた。


「……覚悟？」

「ああ。ぜってーに全員守ってやるって覚悟が決まっただけだ。覚悟ってのは、ぜってー揺るがないってことだ。何があっても、命に代えても自分の信念を貫き通す。それが覚悟なんだよ……！」

デビルグリズリーの爪を盾で受け止めるボラン。

「だから……俺は守るんだよ……弱えーてめえらを、強い心で守るんだよ！　状況が絶望的？　だからなんだってんだ！　俺はただお前らを守るだけだ！　分かったかコラッ！」

ボランは盾でデビルグリズリーを殴りつけ、命を奪う。

「……ボランさん」

ロイは涙が止まらなくなっていた。

ボランの勇姿に、心の叫びに——全身が、心が、稲妻に打たれたかのように痺れ震える。

そしてこんな状況の中でも強い意志と勇気を失わないボランの姿に釘付けになっていた。

だが、その戦いに変化が訪れる。

不意に、モンスターを抑えようと盾を構えるボランの前に、人間が現れた。

数は八人。

「……なん、だ?」

それを見てボランたちは違和感を覚えていた。

「……なんであいつら、モンスターに襲われないんだ?」

テロンがぽつりと呟いた。

そう。

その人間たちはモンスターの中心にいるというのに、襲われもせず、逃げずに立っている。

「……てめえら」

その姿を見て、ボランの頭に血が上る。

それは、黒ずくめの男たち――ローランドを燃やした犯人たちであった。

「この野郎……またてめえらの仕業か、ああっ⁉」

怒声を発するボラン。

しかし男たちは無言で短剣を手に取り、素早い動きでボランへと詰め寄る。

モンスターは男たちにボランを任せるかのように狙いを変え、ローランドを守る【結界】に攻撃を仕掛けだした。

「きゃー‼」

モンスターが向かってきたのを見た女の悲鳴が響き渡る。ボランは黒ずくめの男たちに切り刻まれていく。

高レベルの鉄の装備すら物ともしない鋭利な短剣で、鎧を少しずつ切り落とされていき、盾もじわじわと切り刻まれる。

実力差も圧倒的。悔しいことにボランは、完全に嘗められていた。

傷だらけの上、もう武器もない。

男たちはモンスターが結界を破壊する時間を稼ぐように、じっくりとボランの命を削っていた。

「ぐっ……てめえらっ……」

さらに体中を斬られていき、とうとう膝をつくボラン。

全身から血を吹き出し、意識を失いつつあった。

「ボラン！」

テロンたちの声が虚しく響く。

この状況ではもう助からない。間違いなく、ここでボランは死ぬ。ローランドの人間は目の前の光景に絶望していた。

そんな中でも残る意識を集中し、敵を睨み付けるボラン。

「……い、いつかアルがてめえらをぶっ倒す。だから俺はここで死のうが悔いはねえ……」

「ボラン！」

キャメロンが悲鳴のようにボランの名前を叫ぶ。子供たちも、口々にボランを呼んでいた。だがその声も虚しく、

「………」

男の一人が短剣を振り上げる。

後は振り下ろすだけで、ボランの命は終わるだろう。

「そいつ殺したらな、アルさんがお前らボコボコにしばき回すぞ！　ええんか！」

ペトラは泣きながら男たちに声を荒らげる。

当然、そんな言葉で止まるはずもない。

睨むだけの力を失い、ボランは俯いてしまう。

死を覚悟したボランは、もはや抵抗もしなかった。

モンスターが【結界】を襲う中、ボランの名前を叫び続ける人々。その声はボランの耳には届いていなかったが、彼らの想いは受け取っていた。

ゆっくり目を閉じ、みんなの無事だけをそっと祈る。

あばよ……お前ら……キャメロン。

俺が死んでも、無事で生きてくれ……。

一拍の後、短剣は振り下ろされる。

避けられない惨劇を予想し、目を伏せるキャメロンたち。首に迫る刃が、間違いなくボランを殺害する――はずであった。

「――？」

だが、突如として、それは起こった。

ボランの目の前で、黒ずくめの男の体が、十六個の肉に分解される。

いきなり、唐突に、突然に、綺麗に分解されたのだ。

それをやってのけた人物は、鮮やかな血の尾を引くレイピアを振って、さもなんでもないような声で言った。

「ちょっと邪魔なんだけど」

「あ……あぁっ!!」

テロンが歓喜の涙を目に浮かべる。テロンだけではない。かつてマーフィンのギルドにいた者たちが、その人物を見て涙を流し、笑みを浮かべていた。

彼女が来てくれたことに、心の底から安堵した。

「ここ、ローランドで間違いない？」

ボランはゆっくりと声の主に顔を向ける。

逆光を背に立っていたのは、

「あ……ああ……」

美しい金髪に赤いカチューシャ。同じように赤い派手な服と、細身のレイピア。

強気な瞳を持つその少女は、極端に小柄な体格から子供にしか見えなかった。だが、その姿を知る者たちは喜びに打ち震える。

「エ……」

テロンたちを支配していた絶望が希望へと転換されていく。

「「「エミリア！」」」

アルの幼馴染にして、マーフィンのギルドで最強格の冒険者――エミリアの姿がそこにはあったからだ。

「エミリア……やっと到着したのかよ……？」

「……テロンさん、なんでここにいんのよ」

ピュッとレイピアを振るい、血を弾くエミリア。

突然の闖入者《ちんにゅうしゃ》に、残った黒ずくめの男たちは警戒し、結界の破壊にかかっていたモンスターたちもエミリアへ向けて敵意をむき出しにした。だがエミリアの発する威圧に、身動きを取れないまま硬直している。

「そ、そんなことよりこいつらなんとかしてくれ！　悔しいが、俺らじゃどうしようもねえんだ！」

テロンや元マーフィンのギルドメンバーたちは彼女に縋るように懇願する。だが当然ながら、彼女を知らないローランドの人間たちは、態度を豹変させたテロンたちに首を傾げるばかりであった。

「あんな子供が一人来たところでどうなるってんだ……？」

一人の町人が漏らした言葉を聞きつけたエミリアは、くわっと目を見開いて怒鳴った。

「誰が子供だ！　てめえ、後で覚えてろよ！」

「ひっ⁉」

見た目からは信じられないような迫力で、男を圧倒する。その憤怒の表情に、男は腹の底から湧き上がる恐怖に震えあがっていた。

「エ、エミリアさんって、確かアルさんの幼馴染で……前のギルドでも五本の指に入る実力者、でしたっけ？」

ペトラがテロンにそう訊くと、話を聞いていたエミリアが嘆息する。

「はぁ……アルの奴、そんなこと言ってたのかよ」

「え、違うんですか？」

「ああ。違うな」

テロンの言葉に、肩を落とすペトラ。実力者でないなら、この状況を打破できるとはとても思えない。

ところが、続くテロンの言葉は、ペトラの絶望を打ち砕くのに容易《たやす》いものであった。

「エミリアは、俺たちが元いたギルドの五本の指どころか……マーフィンにある三つの冒険者ギルドを合わせた中でも最強だ」

「え!?」

「アルの情報は古い。少し前の話だ。アルもその辺の話はちゃんと聞いてなかったんだろうな」

ペトラはエミリアの姿を見て、驚き、口を開ける。

「さ、最強って……じゃあ」

「ああ……エミリアなら、この状況をなんとかしてくれる」

ペトラは背中をブルッと震わせる。

彼女ならもしかして……ペトラの胸にも希望の灯が点《とも》り出す。

「ちょっと、あんたは向こう行ってなさい」

エミリアは猫でも扱うかのように、ボランの襟首を持ち上げ、ポイッと【結界】の中へと放り込む。ドサッと地面に放り出されたボランに、子供たちが駆け寄って抱きつく。

「ど、どんな力してんだよ……」

エミリアの怪力に、驚愕の声を上げる自警団の男たち。傷ついたボランは寄ってきた子供たちとキャメロンに、虚勢のように怒鳴っていた。

「ボラン！」

「い、いてーんだよ、このクソガキどもが！」

「大丈夫、ボラン……！」

キャメロンは膝をつき、涙を流しながらボランの血を拭き始める。

血ではなく、顔中が紅潮するボラン。

「ここここ、こんなぐらいどうってことねえんだよ！　それより、あいつ……」

「エミリアなら大丈夫だ」

「あぁっ？」

テロンはエミリアから視線を外さないままニヤリと笑う。

「怪力自慢の男さえ敵わない腕力に、目にも留まらぬ太刀筋。マーフィンにおいて最強で最凶の女戦士……あまりの強さ迅さで敵を倒すエミリアについた二つ名は――【神力瞬殺《ゴッドスピード》】」

周囲を囲んでいた黒ずくめの男が短剣を取り出して飛びかかる。

エミリアがレイピアをヒュンヒュンと動かしたかと思うと、目の前にいた男の体がバラバラに分解された。

まるで剣の重さを確かめるようななんでもない動き。たったそれだけで、ボランを苦戦させた相手を始末してしまった。

町の男たちは目を点にして声を上げる。

「つ……つぇえ！　それにはぇえ!!」

黒ずくめの男たちがサッとエミリアとの距離を取ると、モンスターたちは【結界】から離れ、エミリアに向かって駆け出した。

暴力的な数のモンスターを前にして、エミリアは不敵な笑みを浮かべた。

「ふん。あんたら程度に私が止められると思ってんの？　あんま嘗めないでくんない？」

◇◇◇◇◇◇

ギガタラスクが俺を踏み潰すべく、大きく脚を上げる。

だが、

「そんな鈍い動きじゃ、俺は捕まえられない」

俺はギガタラスクの側面に移動するように、ダッと駆け出す。途中、襲いくるモンスターは全て斬り捨て、ゆっくり迫る脚をかわして目的地へ一目散。

振り下ろされる脚。同時に、ずしーんと地震が起きたかのような衝撃で一瞬身体が浮くが、ダメージはない。多少地形も変わったが、戦いには支障なかった。

「とはいえ喰らったらひとたまりもないな」

『逆に言えば、喰らわなければ問題ありませんね』

「そういうことだな。そして、こんなもの喰らうわけもない」

俺はギガタラスクの脚にブルーティアを突き立てた。

少々傷をつけることができたが、あまり効果が見られない。痛みも感じていないようで、ギガタラスクはなんのリアクションも起こさなかった。

「あれ？　もう少し効くと思ったんだけどな」

『予想以上の硬さですね』

「だな……、っ!?」

突然、ギガタラスクが脚を引っ込めた。

ヤバいと直感した俺は、慌てて跳び上がってその場を離れる。すると案の定、体を回転させ始めたギガタラスクによって、その場は地獄の暴風が吹き荒れた。

その巨体からは信じられないような速度で、回る、回る。

奴の体から激しい突風が発生し、砂と石つぶてを周囲に撒き散らす。

特に石つぶての威力は凄まじく、砲弾のようにCクラスモンスターたちの体に容易く風穴を開けていく。

眼下の光景に冷や汗をかきつつ、少し離れた場所に着地した。

ややあってギガタラスクは回転を止めて脚を出し、ズンッと大きな音を立て着地した。

「他のモンスターをまとめて倒してくれたし、このまま放置しておくのも悪くないかもな」

奴は見たところ、踏み付けと回転くらいしか攻撃を持っていない。距離に気を付けさえすれば、ローズの指揮で誘き寄せて周囲のモンスターを蹴散らすことも可能だろう。

『ですが、町ではカトレアが待っているのではないですか？』

「そうなんだよなぁ。待ち人がいるから、あまり時間はかけられないんだよな。よし。一気に勝負をつけるか。ティア、【暗黒剣】の最大習得を頼む」

『かしこまりました』

ブルーティアが光り、【暗黒剣】の使用が可能となる。

【暗黒剣】——それは【ナイト】の上位職の一つ【ダークナイト】のジョブスキルだ。

闇の力を剣に宿し、【剣】スキルよりも強力な攻撃を可能とするスキル。これも最大レベルで習得したとなれば、ギガタラスクの巨躯も恐るるに足らないというものだ。

再び跳び上がった俺は、ギガタラスクの背を見た。刃など通さない大山のごときそれに向け、力を溜める。

「——【ダークネススラッシュ】!!」

ブルーティアの蒼い剣身から、俺自身の何倍もの長さを誇る闇の刃を展開させる。

俺はそれを下に構え——一気に落下する!!

ゴォォと突き刺すような風を肌に感じながら、みるみる迫ったギガタラスクの甲羅に、俺は闇の刃の切っ先を突き立てた。

「ゴォオオオオアアアアアアアア！！！」

腹の底に響いてくるような咆哮。あの鈍いギガタラスクが、痛みに喘《あえ》いでいる。

効いている。これなら、行ける！

俺はそのまま、ギガタラスクの甲羅の上に着地し、首の方から尻尾へ向けて全力で駆け出した。

「どうりゃああああああ！！！！！！」

突き立てたままの刃が、いとも容易く甲羅を割いていく。

やがて、スパンッと綺麗に、ギガタラスクの甲羅は真っ二つになった。

噴水のような熱い血液が噴き出し、辺り一面に雨のように降り注ぐ。

ギガタラスクはたたらを踏んだ後、横向きに崩れ落ち、その場に激しい揺れをもたらした。

「「「「うおおおおおおおおおおおおおっ！！！」」」」

「……す、すごすぎる……アニキ、すごすぎっすよ！」

男たちの咆哮と、称賛の声。

それはギガタラスクの断末魔よりも大きく、大地を揺らすほどに響き渡った。ギガタラスクを倒したことによる歓喜のものであったが、勝利を確信した雄たけびにも聞こえる。

俺は目を閉じてそれを聞き、胸の内を喜びに満たしていた。

俺がギガタラスクを打ち倒したことで、集った戦士たちの勢いは最高潮を迎えた。

やまない雄叫びと共に攻め立てる戦士たちに、モンスターたちは気圧され、たじろぎ、逃げ惑うばかりであった。

まだ敵の数はモンスターの方が優勢だというのに、もう負ける気配はない。

「すげーよすげーよ！　親分はやっぱりすげーよ！」

「アルさんがいればどんな戦いも負けやしない！　あの人に付いていけば間違いないんだ！」

「あ、あれがローランドのアルベルト・ガイゼルか……噂どころの強さじゃない！」

興奮した声がそこかしこで上がるのを、俺はギガタラスクの死体の上から見ていた。

血を拭い、俺は空を見上げる。

「よし。最後に大花火を上げてローランドに帰るとするよ」

『大花火でございますか？』

「ああ。デビルグリズリーを倒した時と同じやつさ」

『ああ……なるほど』

ブルーティアがロッドモードに変形する。

そして【火術】を放出してやると、天に向かって赤い閃光が走った。

「後のことは任せた。みんななら必ず勝てると信じているよ」

俺の言葉に呼応する仲間たち。

閃光はドンッと空中で爆発し、敵に向かって炎の雨となって降り注ぐ。

俺からの勝利の前祝いだ。

モンスターだけを貫く【フレイムレイン】に、またみんなが大騒ぎをしていた。

巨大なギガタラスクが綺麗にブルーティアに収納されると、ティアはヒューマンモードになった。

「ティア。お前もここに残ってくれ。俺はローランドの方に加勢しに行ってくるよ」

「かしこまりました。お気を付けて」

俺とティアは同時に【空間移動】を開く。

ティアは現在戦っている仲間たちの後方へ、俺はローランドのギルド前へと移動する。

カトレアは【結界】を張っているようで、俺を見つけてもその場から動けないようだった。

俺は彼女の近くへ駆け寄る。

「アル様！」

「どんな様子ってだい？」

「大変なこと？」

「あの、モンスターの大群に加えて、変な奴らまでやって来て、それでみんなピンチになって……

そこに、女の子が登場したんですけど……」

カトレアはスライムの力で外の戦況を監視していたようだ。

たらりと一筋の汗を垂らしたカトレアは、信じられないものを見たという感じで俺に告げてきた。

「……その子が滅茶苦茶強くって、たった一人で劣勢を覆しちゃったんです」

「……一人で戦況を変えるような女の子……って、まさか」

そんな女の子、俺には一人しか思い浮かばない。

その子のことを考え、少しばかり高揚する自分がいた。

「カトレア、武器の状態でも、結界は維持できるのか？」

「武器の状態の方が維持しやすいです。アル様がスキルを習得してくれれば、その力で私が制御し
ますので、この場を離れることもできますよ☆」

「よし、じゃあスキルの習得を頼むよ」

「は～い」

そう言ったカトレアの体がポワッと光る。

そしてソードモードに変化し、カトレアを手にした俺は町の外へと向かった。

「ア、アルさんだ！　アルさんが来たぞ！」

町人が俺の姿を見て、少し嬉しそうな顔をする。

だが、すぐに外で繰り広げられているであろう戦いの方に視線を戻し、唖然としてその様子を見ていた。

「おお、アル！　あいつが来てくれたぞ！」

「ああ、やっぱりね」

テロンさんが嬉しそうに俺に話しかけてきた。

その手前に、傷だらけのボランが座り込んでいる。

「よ、よおアル」

「ボラン」

俺を見上げたボランは、ずっと戦い続けたのだろう。体も装備もボロボロだった。

こんな傷だらけになってまで……みんなを守ってくれていたんだ。

俺は彼の姿を見て、感謝と尊敬の念を抱いていた。

「傷を治すよ」

「ああっ!?　俺は後でいいから、さっさと外のこと済ましてこいや！」

ボランは顎で町の外を指す。

俺は群がるみんなを飛び越え、町の外へと飛び出した。

「エミリア！」

戦場にはエミリアと黒ずくめの男が6人。

そしてモンスターが20匹ほど残っていた。

大地には――数えきれないほどのモンスターの死骸が転がっている。

「……アルっ、お前！」

エミリアは戦闘中だというのにモンスターに背を向け、俺に向かってズンズン近づいてくる。

「ガーッ！」

当然、隙を見せたエミリアにデビルグリズリーが襲いかかる。

が、その爪が彼女に触れる前に、急にデビルグリズリーの体がバラバラになってしまう。

斬った。エミリアが斬ったんだ。

なんとか太刀筋は見えたけど……相変わらずなんて迅さをしているんだ。

俺はゾッとし、怒るエミリアに笑みを向けた。

「久しぶりだなぁ、元気にしてたか？」

「なんで勝手に町を出ていった!?　私が帰ってくるまで待ってろよ」

「あの時は必死だったんだ。でもこうして再会できたからもういいだろ？」

「でも、一ヶ月以上会えなかったんだぞ！」

エミリアはほんのり頬を染めて怒る。

「いや、一ヶ月以上というのは、ほとんどエミリアが悪いんじゃ……」

テロンさんに教えてもらったにも関わらず、勝手に迷子になったのはエミリアだし。

長期間会えなかったのは、半分以上は俺の責任ではない。

黙って出ていったのは事実だから、1割程度は俺にも責任があるとはいえ。

そう告げると、エミリアは顔を真っ赤にして叫んだ。

「私は六割くらいだ！」

「いや、九割ぐらいエミリアが悪いだろ」

「……じゃあ八割」

ついっと視線を逸《そ》らすエミリア。

そのついでに、背後にまで迫っていたグリフォンの頭部にレイピアを突き刺す。

「Cクラスのモンスター相手に余裕すぎだろ……なんだよあの女は」

町の男たちがエミリアの強さに呆れ返っていた。

「なあエミリア、俺も結構強くなったんだぞ」

正確には強くなったのは神剣ではあるけど。

ま、その辺の説明は曖昧《あいまい》にしておいてもいいだろう。

「別に、あんたが強くなっても驚かないけど。アルにはそれだけの素質があったからな」

『……アル様のことよく知っているんですね、この子』

「ああ。子供の頃からずっと一緒だからな」

エミリアは俺とカトレアの会話を聞いて、目を点にしていた。

「この剣、喋れるのかよ。というか、ブルーティアじゃないよな」

「ああ。これはホワイトカトレアといって――」

『アル様の従順な僕《しもべ》であり、未来のお嫁さんでーっす☆』

「……剣と結婚だと？　後で詳しい話を聞こうか」

エミリアの額に青筋が立つ。

カトレア……いらないことを言うんじゃない。

こいつは本当に怖いんだから、冗談でもそんなこと言うなよ。

俺はエミリアのレイピアを見て、カトレアに言う。

「カトレア。レイピアモードで行こうと思う。【小剣】スキルの習得とモードの変更を頼む。バランスは攻撃と防御50・50だ」

『了解で～すっ』

ホワイトカトレアは、ソードモードと比べると細身の、純白のレイピアへと変形した。

俺はエミリアと肩を並べ、敵と対峙する。

「私一人でも十分すぎるぐらいだけど、あんたの実力、確認してやるよ」

「ふふふ。驚くなよぉ」

ドンッと加速する俺たち。

エミリアが敵とすれ違うと、モンスターの身体はバラバラになっていく。

俺は相手の頭部、心臓を狙って一撃で葬っていく。

「へえ、本当に強くなったみたいだな。やるじゃないか」

「エミリアほど迅くはないけどな」

「はっ！　レイピアの扱いは得意なんだよ」

エミリアは笑みを浮かべながら、次々とモンスターを細切れにしていく。

これほどの剣速は自身のレベルも上げないと不可能だろうな……。

まぁ、俺には必要ないかな。俺は【神剣】が強くなれば一緒に強くなれるのだから。

俺は派手な動きではなく、着実に、確実にとどめを刺していく。

敵を倒すだけなのだからこれで十分だ。

レッドオーガの頭部を突き刺し、デビルグリズリーの頸動脈を切り裂く。

そしてあっと言う間に、モンスターたちを全滅させることに成功した。

「つ、強い……二人とも段違いに強い！」

驚嘆した声を上げる町人たち。

その声を背後に、俺とエミリアは黒ずくめの男たちへと視線を向けた。

「お前たち、ローランドを燃やした連中だよな？　今回もそうだが、目的はなんだ？」

「………」

短剣を構える男たち。

話は通用しない、か。

そして音を立てずに奴らは駆け出す。

「こいつら、【アサシン】辺りか……アル、人間を殺したことはあるか？」

【アサシン】――それは【シーフ】の上位職で、音を消して行動したり潜伏したりなど、その名の通り、暗殺を得意とするジョブだ。

「いやー、ないねぇ」

「だったら、後は私に任せろ。悪人限定だけど、私は経験があるからな……どう見ても悪者だし、殺してしまっても問題ないだろ」

エミリアは相手を睨み付け、数歩前に出る。

「話を聞きたいから、一人は残してくれよ」

「分かったよ」

エミリアに突撃を仕掛ける男たち。

「【ホーリースティング】！」

エミリアは接近する男たちに、神聖な力をまとったレイピアを乱れ突く。

全身穴だらけになった男たちは、バタバタと倒れていく。

残ったのは1人のみ。

エミリアは素早い動きで男を跪《ひざまず》かせ、後ろからレイピアを首にあてがう。

「さあ、話してもらおうか。お前たちは自分の意思でローランドに来たのか？　それとも誰かの命令で……」

だが、俺が近づいて話を聞こうとすると、男は自分の心臓を短剣で一突きしてしまった。止める間もなく、絶命する男。

エミリアは嘆息し、レイピアを鞘に収めた。

「口を割るくらいなら自害、か」

「…………」

俺が拳をギュッと握り締めると、エミリアは俺の背中をポンと叩く。

「そう落ち込むなよ。ほら、後ろを見ろ。みんな無事だ。今はそれだけでいいだろ？」

「……ああ。そうだな」

町のみんなが歓声を上げていた。

無事に涙を流し、抱き合っている者もいる。

情報を聞き出すことはできなかったけど……みんなは無事だった。

確かに今は、それだけで十分なのかもしれない。

俺は軽くため息をつき、笑顔を漏らすみんなの顔を見ながらそう考えていた。

エピローグ

誰一人命を落とすことなく、ローランドの防衛は成功した。

【結界】の解けた町に戻り、まずはカトレアの【回復】でボランの傷を癒やす。

「【ハイヒール】」

光に包まれたボランの傷がみるみるうちに塞がっていく。装備の破損はあるが、痛々しい傷は綺麗さっぱり消えてなくなった。

傷が治ったボランがホッと息を吐くと、子供たちが彼に抱きついた。

「コラッ！　そんな一気に来たら怪我すんぞ！　順番に来いや！」

もみくちゃにされるボラン。

声は荒らげてはいるものの、子供たちを拒否することなく受け入れている。

そんなボランの前に、一人の少年が立った。

「あの、ボランさん」

それはロイだった。

彼は涙を流しながら、ボランに宣言する。

「僕……僕もボランさんみたいに、誰かを守るために強くなりたい……ううん。誰かを守れるように強くなる。僕も『覚悟』を決めました。自分だけのためじゃなくて、ボランさんみたいに誰かのために強くなる。僕も、あんな日々はもうごめんだから」

「おう！　いいじゃねえか！　俺もまだまだ強くなんねーと……こんなバケモンみてえな女がいるんだからな。人間には限界なんてねーのかもしれねえ。お互い、もっと強くなんぞ、いいな⁉」

「はい！」

いい場面なんだけど、彼らの気付かないところでは、バケモノなんて言われたエミリアが頬をピクピク動かしていた。

今にも飛びかかりそうだったので、俺は彼女のことをなだめる。

ボランは今回、一番の功績者なのだから、せっかくの雰囲気をぶち壊してしまうことはない。

数字だけで見れば、そりゃエミリアの方が活躍したのだろうけど、ボランはそれ以上にみんなのために命を張ったんだ。

英雄が女の子にボコボコにされる姿を、みんなに見せるわけにはいかない。

と言っても、なんだかんだ情に厚いエミリアのことだから、わざわざそんなことはしないだろうけど。

エミリアを見ると、本当に気にしていないような顔で、こう呟いた。

「あの赤髪、今度ボコボコにしてやる」

「…………」

気のせいだった。

エミリアならやりかねん。

◇◇◇◇◇◇◇

レイナークでの戦いも終わったらしく、夕方過ぎにティアたちはローランドに帰還した。

エミリアは【空間移動】に驚いていたが、それ以上にティアやカトレアが人間の姿になったことに驚愕している様子だった。

「お、お前……本当にブルーティアかよ」

「はい。エミリアのことは、子供の頃から見ていましたよ」

「……本物か」

「ええ。そしてご主人様とは、エミリアよりも前から一緒ですから」

「!?」

ティアは勝ち誇ったような顔で、エミリアにそう告げた。

エミリアは一瞬驚いた表情をするが、ムッとしてティアを睨み付ける。

「だけど、子供の頃からずーっと話をしてきたからな、私は」

「知っていますよ。お二人とは私もずっと一緒でしたから。エミリアとご主人様は二人きりになったことなどないのですよ？」

眼鏡をくいっと上げ、余裕を見せるティア。

むむむ、と悔しがるエミリア。

珍しいな、ティアが張り合うの。というか、エミリアとよく張り合えるな……。

二人の間に稲妻が走り、それを見ていたペトラがオロオロしていた。

「み、みなさん、仲良くしましょう。せっかくの大勝利だったのですから、ね？」

「「…………」」

ペトラの声は虚しく響き、二人の心を動かすことはできなかったようだ。

いや、ペトラじゃなくても、誰もこの二人の心は動かせそうにない……。

◇◇◇◇◇◇

夜になり、俺はギルド横の酒場で調理をしていた。

今日はもうギルドの職員は誰もいなくなり、酒場のみに灯りが点いている。

隣ではそれを見守るティアの姿が。

彼女は料理が気になるようで、俺が調理している姿を凝視していた。

「なんでエミリアに突っかかったんだよ？」

「いえ……強敵ですので、少々牽制をと思いまして」

「強敵？　あいつに勝つつもりか？　不可能とは言わないけれど、勝つにはまだまだ経験が足りないんじゃないか？」

ティアははぁとため息をつき「そういう意味では」と一言だけ呟いた。

「あんたがアニキの幼馴染かよ」

「そうだけど、あんた誰？」

店の方では、冒険者たちが勝利の美酒で、大騒ぎしていた。

少し酒の入ったジオが、エミリアに絡んでいる。

「あんたみたいな子供がアニキと同じ年だとか、あと、強いとか信じらんねぇよっ」

エミリアは座っていたテーブルを立ち、ニコッと笑い、手を差し伸べる。

ジオはヘラヘラしながらエミリアと握手する。

握手をした瞬間――ボキボキボキッと骨が折れたような凄まじい音が部屋中にこだました。

「あんぎゃあああああああああ!!」

「子供みたいで悪かったな。ま、これからよろしく頼むよ」

「「「…………」」」

ジオ率いる【アルベルトファミリー】の男たちは、言葉を失っていた。

そして後に語るところによると、この場にいた全員がこう思ったようだ。

彼女に逆らうのはやめておこう……と。

「エミリアを子供扱いしたら痛い目に遭う。これもう常識だからな」

「そうでございますね。マーフィンでは数々の男たちが痛い目に遭ってきましたから」

ティアは料理を凝視しながら言った。

「まぁ、みんなもすぐに理解するだろうさ……よし、完成だ。ローズらとボランを呼んできてくれないか？」

「かしこまりました」

◇◇◇◇◇◇◇

「……アル、料理は元々得意だったけど、見たことない物も作るようになったんだな」

「ああ。色々と勉強をしてね」

エミリアは俺が作った物を覗き込んで、驚いている様子だった。

まさしくこの世界の人間が見たこともない料理。それが目の前にあるからだ。

「おい！　なんだよこりゃ!?」

ボランが料理の匂いを嗅ぎながらそう訊いてくる。

「これはもつ鍋っていうのさ」

もつ鍋。異世界の日本という国ではそこそこポピュラーな鍋料理らしい。

ニラとキャベツとたっぷりのもやし。それから豆腐とホルモンを味噌《みそ》と醤油《しょうゆ》と出汁《だし》などで煮込んだ辛めの料理。

【異世界ショップ】で材料を調達したので、この世界の他の人には再現不可能だったりする。

ボランたちはそれを見て、好奇心半分、怖いもの見たさ半分と言った顔でゴクリとつばを飲み込んでいた。

「これは今回、みんなが頑張ってくれたお礼だ。みんなのおかげで、俺たちのギルドはさらにレイナークでの評価が上がった。そして、ボランのおかげで町はこうして無事で済んだ。ありがとう、みんな」

みんなは嬉しそうに頭を掻いたり照れたりしている。

ボランはあまり賞賛に興味はないようで、もつ鍋に釘付けになっていた。

「口に合うかどうか分からないけど、みんなのために作ったんだ。遠慮なく食べてくれ」

みんな恐る恐る、もつ鍋をスプーンですくい、口に運ぶ。

「……う、美味ぃ……これは美味ぃぞ！」

「こんな食べ物があったのか……」

男たちはハフハフ、熱がりながらも必死にもつ鍋を食べていた。

エミリアもローズもカトレアも、口に合ったらしく美味しそうに食べている。

「いや、お前は何作らせても美味く調理するよな」

「ははは。エミリアにそう言ってもらえたら、作った甲斐があるなぁ。ティアはどうだ？」

ティアは澄ました表情で、もつ鍋を口に運ぶ。

上品に口を動かしていたが、急にふるふるしだし――、

「ううう……美味いにゃあ！　野菜の優しい味と濃いめのスープがマッチしていて食べるほどに食欲が増していく。ホルモンの甘みとうま味を兼ね備えた、この美味さ。濃いはずにゃのに気分が悪くにゃるようなしつこさは一切にゃい……こんにゃの……こんにゃの美味しくにゃいわけがにゃい！　ギガタラスク以上のインパクト……まさに、Sクラス美味だにゃっ！」

バクバク食べ始めるティア。

いつものティアとはかけ離れ過ぎたキャラクターに、エミリアたちはポカンとしていた。

「ね、姉様……どうしたんですか？」

「お姉ちゃん……変」

俺はみんなの反応を見て、くくくっ、と声を殺して笑った。

「アルさん」

入り口の扉が開き、ペトラが入ってくる。

「どうしたんだ？」

「あの……なんか変な人が、アルさんに用事があるから会わせてくれって……」

「変な人？」

すると、ペトラを押しのけ、一人の男が焦った様子で入ってきて、俺の足にしがみ付いてくる。

「アルぅ……頼む、助けてくれぇ……」

それは、痛々しく包帯を巻いているシモンだった。

「シモン……なんでここに？」

「シモン？　てめえ、何しに来たんだ⁉」

エミリアが席を立ち、恐ろしい表情でこちらに近づいてくる。

「ひいいっ！　エミリア！　なんでここにいるんだ⁉」

「それはこっちのセリフだ。なんでお前がここにいんだよ」

ガタガタ震えるシモン。

ティアはこちらに目もくれず、もつ鍋を美味そうに頬張っている。

「まあまあエミリア。とりあえず話だけでも聞いてやろう」

「ちっ」

エミリアにぶっ飛ばされたという話はテロンさんから聞いている。

そりゃ、これだけ怪我を負わされたら怖くて仕方ないだろう。

俺だってこんなにやられたら震え上がるだろう。

「なあお前、メチャクチャ強くなったんだってな？　そこでレイナークでの活躍の話も聞いたよ。お前を追い出したこと謝るから、帰ってきてくれ。もう俺のギルドがまともに機能しなくなって、困ったなんてレベルの話じゃないんだ……お願いだぁ、帰ってきてくれぇ」

シモンはおいおい涙を流しながら俺にそう訴えかけてくる。

「いやぁ、でも俺はこっちで仕事してるしなぁ。帰ったところでメリットもないし」

「お願いだ……いや、お願いしますよぉアルさん。お願いですから帰ってきてください」

シモンは媚び媚びの表情と声でそう言って、俺の靴をペロペロ舐め出した。

こいつ、どれだけ落ちぶれてるんだよ……。

「この通りですから、帰ってきてください」

「きたなっ。ちょっとやめろよ。そんなことされても嬉しくともなんともない」

俺が足を引くと、シモンはさらに涙を流しながらこちらを見て縋りついてくる。

「お願いですよ～。帰ってきてくださいい～」

「い、いや……お断りしておくよ」

さすがにエミリアもシモンの行動にはドン引きしている様子で、何も言わずに顔をヒクヒクさせていた。

俺は別件でシモンと話をしたかったので、とりあえずはローランドで休む場所を用意してやることにした。

シモンは俺が帰る話と勘違いしていたようで、笑顔のまま男に連れていかれる。

「おいアル！　メチャクチャうめえじゃねえか！　おかわりくれや！」

「ああ。分かったよ」

ボランがもつ鍋を食いつくし、鍋を抱えてそう言った。

彼は今回一番の功労者だ。

俺は喜んでおかわりを用意することにした。

その後も、さらなる町の発展と、みんなが幸せに生活していけるように。

そして仲間たちが生きていることに感謝して……色んな願いを込めて、もつ鍋を大量に振る舞った。

「ア、アニキ……痛いっす……どうしたらいいっすか？」

「…………」

手を倍ぐらい腫れさせたジオが、俺に泣きついてくる。

俺は呆れながらも、みんなの健康も祈っておくことにした。

あとがき

感謝。

この作品を作るにあたって、本当にこの一言しかありません。

まず最初に、これを読んでくれた方々に。

それから書籍化のお声をかけていただいた、Ｋさん、Ｉさん。

主人公をはじめとする、素晴らしいキャラクターデザインをしていただいた、ふらすこさん。

そして、僕に多大なる影響を与えてくれた先人たち。

何か一つでも欠けていたら、この作品が書籍化されるなどということはなかったと断言できます。

他にも親など感謝したい人はたくさんおりますが、きりがないのでこの場ではここまでにしておきたいと思います。

とにかく感謝。


今作を読者の皆様に楽しんでもらうにはどうしたらいいか？

そこで考えたのが『どこまでも成長する剣』というコンセプトでしたが、楽しんでいただけましたでしょうか？

ただ主人公を最強にするというよりも、他の作品と比べて違いがあった方が面白いかなと。

だから剣が成長してその上チートじみた性能ならなお楽しんでもらえるのでは、と考えました。

そしてそれに加えて、読んでくれる方のことを考え、求められている物をかけ合わせた結果、今回の【神剣】が完成しました。

読んでいただいてワクワクしてもらったり楽しんでもらったりしたら嬉しいな。

とにかくそれだけを考えて【神剣】を作ったのですが……。

そう思っていただけていたら、嬉しいな。

BKブックス

世界で唯一の【神剣使い】なのに戦力外と呼ばれた俺、覚醒した【神剣】と最強になる

2021年1月10日　初版第一刷発行

著　者　大田《おおた》　明《あきら》

イラストレーター　ふらすこ

発行人　今 晴美

発行所　株式会社ぶんか社
〒102-8405　東京都千代田区一番町29-6
TEL 03-3222-5125（編集部）
TEL 03-3222-5115（出版営業部）
www.bunkasha.co.jp

装　丁　AFTERGLOW

編　集　株式会社 パルプライド

印刷所　大日本印刷株式会社

ISBN978-4-8211-4579-9

Printed in Japan